Battement d'ailes

Du même auteur,
chez le même éditeur

Mal de pierres, 2007

Milena Agus

Battement d'ailes

Traduit de l'italien
par Dominique Vittoz

Liana Levi

Titre original : *Ali di Babbo*

ISBN : 978 286746 467-6
www.lianalevi.fr

À Enrico, Ettore et Valter, tous trois dans le rôle
du grand-père, avec gratitude.

«Vivre bien et vivre heureux, voilà deux choses différentes. Et sans un peu de magie, il est certain que je ne connaîtrai pas la seconde.»

Wolfgang Amadeus Mozart

Battement d'ailes

Notre position est 39° 9' au nord de l'équateur et 9° 34' à l'est du méridien de Greenwich. Ici, le ciel est transparent, la mer couleur saphir et lapis-lazuli, les falaises de granit or et argent, la végétation riche d'odeurs. Sur la colline, dans les lopins de terre arrachés au maquis qu'on cultive entre leurs murets de pierre sèche, le printemps resplendit du blanc des fleurs d'amandiers, l'été du rouge des tomates et l'hiver de l'éclat des citrons.

Mais tant de beauté souvent nous ennuie Madame et moi, un désir de monde normal nous envahit et la nervosité nous gagne. Alors pour nous défouler, s'il est impossible d'aller en ville, on fait des trucs un peu fous, comme piquer une tête dans la mer en hiver, dévaler les deux cents mètres du chemin escarpé qui va à la plage sans s'arrêter et puis remonter toujours en courant, nager au large jusqu'au dernier rocher à fleur d'eau, en été aller à pied à Cala Pira et à Punta Is Molentis, pour se baigner à l'aube avant l'arrivée des touristes ou ramasser des asperges à la sortie de l'hiver et, toutes contentes, rentrer les cuisiner en omelette.

Les propriétaires de ces terres seraient disposés à vendre pour que soit construit un village de vacances relié à la nationale par de bonnes routes. Mais personne ne peut rien entreprendre si Madame, de toute la puissance de ses millièmes comme dit grand-père, ne vend pas, car son terrain, qui est le meilleur, le plus proche de la côte, se trouve en plein milieu des autres. Des hectares et des hectares de maquis méditerranéen autour de l'hôtel de Madame, qui n'est pas tout à fait un hôtel, mais une maison d'hôtes pour huit personnes, pas plus.

Nous aimons Madame. Difficile de ne pas l'aimer, quand elle nous apporte du pain et des pâtes faits maison, des gâteaux et, en été, des tomates qui ont le goût de quand les adultes étaient petits. Mais nous pensons qu'elle est dérangée, car elle suit une idée fixe, sauver à elle seule la Sardaigne du béton, ne pas vendre, rester pauvre et nous empêcher nous aussi de devenir riches.

Dans ma famille, qui est la seule, avec celle de nos voisins et Madame, à habiter toute l'année ici, grand-père partageait cet avis, mais maintenant il dit que dans la vie nous déployons beaucoup d'efforts pour nous conformer aux idées reçues, qui nous semblent les meilleures parce que la plupart des gens s'y rangent, alors que très souvent nous ferions mieux d'utiliser cette énergie pour changer l'opinion commune, et qu'il faut bien que quelqu'un commence.

À propos de nos voisins qui voudraient vendre, Madame ne comprend pas que des personnes pieuses et bonnes, qui avant de manger prient pour rendre grâce à Dieu de leur repas, ne le remercient pas aussi pour ce morceau de paradis terrestre et qu'elles soient favorables à la construction de cubes de béton avec jardinets à l'anglaise, équipés de routes carrossables, et tout ça pour de l'argent. Comme si on ne devait pas préserver l'œuvre du Seigneur même quand ça ne nous arrange pas.

La maison d'hôtes de Madame donne sur la route blanche, une porte cochère ouvre sur un passage qui longe le corps de bâtiment jusqu'à la grande cour bordée d'une galerie. On pénètre dans la maison par une porte plus petite, on entre d'abord dans la pièce de réception, puis à droite on trouve le cellier, une salle et la grande cuisine qui donne sur la galerie. À gauche, il y a les chambres et l'escalier vers l'étage avec les autres chambres pour les clients, qui communiquent, mais pour garder ces belles portes, Madame les a simplement fermées à clé.

Madame n'a pas de jardin d'agrément car quoi de plus beau que les narcisses sur la colline en hiver, le ciste fleuri et les fleurs bleues du romarin au printemps, les lys sauvages en été? Elle ne cultive de fleurs que dans les bordures de la cour, des espèces qu'on ne voit plus ailleurs, fuchsias, passiflore, lys rouges. Elle tente aussi de faire pousser un câprier, dont les fleurs ressemblent aux oiseaux magiques des contes de fées, mais rien à faire, la terre est trop bonne pour le câprier : on en voit peut-être sur les murs à Cagliari ou à Villasimius, mais ici, pas moyen.

À l'exception de Madame, nous vivons dans des maisons modernes et fonctionnelles, copiées sur celles des villages de Torre delle Stelle, Geremeas, Kal'e Moru, Costa Rei. C'était un motif de dispute entre grand-père et grand-mère quand elle était encore en vie, et entre maman et lui, mais il était le seul à aimer le style *antigoriu 'e nannai*[1].

Grand-père et Madame sont très amis. À présent, ils sont d'accord, tous les deux, pour dire qu'il ne faut pas vendre cette terre. Grand-père, heureux depuis qu'il a tout perdu et que, de riche citadin qu'il était, professeur de philosophie par pur plaisir et non par besoin, il est devenu retraité et paysan, prenant un malin plaisir à être pauvre, à économiser, à peser et partager ce que nous ramassons, à tenir les comptes. Madame qui, après divers petits boulots et un énième échec sentimental, a atterri ici pour gérer une maison d'hôtes.

Ils connaissent les sentiers de mûriers, d'arbousiers et de fougères qui conduisent derrière la mon-

1. « Ancien » ; au sens péjoratif : « démodé ». (Les notes sur les termes sardes sont de l'auteur.)

tagne jusqu'aux grandes cascades à trois, voire quatre niveaux, où l'eau forme de petits lacs limpides entourés de lauriers-roses et où nous nous sommes baignés très souvent en nous amusant follement entre grand-père qui, à son âge, frime en restant sous la cascade et Madame qui chante de sa voix mélodieuse.

Dans les collines, sur le versant sud-est à l'abri du mistral, nous avons des amandiers, et nous tirons un petit profit des amandes, qui se vendent à bon prix pour la pâtisserie sarde, et des fruits et des légumes de nos potagers, surtout des tomates de Madame que les gens s'arrachent en été au marché de Cagliari, car tout le monde s'étonne qu'elles n'aient pas le goût de l'eau, mais un vrai goût de tomate, et ça paraît impossible, mais ses tomates et ses conserves rapportent plus à Madame que les clients de sa maison d'hôtes.

De la richesse de ma famille, il ne reste rien. Nous vivons tous sur la retraite de grand-père et grâce à ces quelques cultures gagnées sur le maquis. Mais au fond, si on excepte l'argent, nous ne manquons de rien. Les poules nous donnent des œufs, et le potager les fruits et les légumes. Nous avons des artichauts, des tomates, des choux-fleurs, des épinards, des haricots verts, des petits pois, des courgettes, des poivrons, des bettes, des choux, des aubergines, des radis, des lentilles et des pois chiches. Il y a cent ans, on avait creusé des puits et maintenant, grâce aux pompes électriques, l'eau alimente des réservoirs en ciment et un réseau de canaux et de rigoles la distribue ensuite aux potagers. Pour l'eau potable, nous allons nous approvisionner aux sources derrière les collines des Sette Fratelli, notre électricité vient d'éoliennes et de dynamos et, quand il n'y a pas de vent, de groupes électrogènes, nous téléphonons avec des portables là où le réseau passe. On ne peut rien gaspiller. Nos voisins, et nous aussi, avons un 4x4 pour venir de la route nationale jusqu'ici. Madame, elle, possède une voiture style *antigoriu 'e nannai*, une Ford Fiesta de vingt ans d'âge, elle la bichonne et en dit le plus grand bien parce qu'elle démarre du premier coup par n'importe quel temps et, une fois où Madame était coincée, grand-père qui manœuvrait à sa place l'a légèrement cabossée, ce qui a failli provoquer une tragédie. Grand-père a pris la mouche et lui a lancé : « C'est quand même pas une Ferrari ! » Depuis, la vieille guimbarde de Madame est la « Ferrarina ». En plus de ces moyens de transport, nous avons deux chevaux, Salvo, qui appartient à grand-père, un cheval qui ne courait plus et que grand-père, à l'époque du manège, quand il était riche, avait sauvé de la mort en l'amenant ici, comme Amelia, une jument, toujours du manège, vouée à l'abattoir elle aussi, qu'il a offerte à Madame. Le reste n'est que maquis.

Madame est très attentive au bonheur des gens, elle croit à la magie et lit dans les tarots pour tous les clients de sa maison d'hôtes afin de connaître leurs besoins et de les satisfaire, sauf que les cartes donnent des réponses trop difficiles, alors elle n'utilise que la valeur des nombres. Par exemple, pour des couples, elle dresse la table selon le nombre quatorze, la Tempérance, l'union entre deux éléments séparés, quatorze raviolis, quatorze gâteaux, quatorze louches de potage. S'il s'agit de femmes seules, le Chariot, sept gâteaux, sept raviolis, plus gros, sept fourchettes de spaghettis, parce que le sept est l'amant et que cette magie peut l'attirer si besoin est. Elle leur associe souvent le trois, l'Impératrice – par exemple au petit déjeuner : café, lait et chocolat –, parce que le trois est le chiffre de l'explosion créatrice et que, dans les relations amoureuses, une maîtresse aide l'homme à se sentir bien dans son foyer ; ce n'est pas l'idéal, mais c'est mieux que rien. Le six, l'Amoureux, est plus intéressant, même si c'est un amoureux qui veut tout pour lui parce qu'il ne sait pas choisir. Mais si vous ajoutez un trois – par exemple trois couverts : fourchette à dessert et deux petites cuillères, une pour le sucre en poudre et une pour le café –, alors le six devient neuf, et le neuf est l'Ermite, et, selon Madame, il n'y a rien de pire que la solitude, même éclairée, donc il faut absolument s'arrêter à huit, la Justice, la perfection. En outre, les verres ne doivent pas rouler sur la table, ni se casser, et il ne faut pas croiser les couteaux non plus. Concernant le dix-sept, l'Étoile,

Madame se montre prudente. Il signifie générosité, altruisme, mais comme la superstition veut que le dix-sept porte malheur, Madame préfère ne pas s'y fier. Mieux vaut, et de loin, le dix-neuf, le Soleil.

Les clients de la maison d'hôtes l'ignorent et mangent en toute inconscience quatorze boulettes, ou dix-neuf raviolis, ou six gâteaux qui, en réalité, répondent à un plan conçu par Madame pour leur bonheur.

En ce qui concerne le sien, de bonheur, Madame dit que s'il tarde encore, après un certain âge il a peu de chances d'arriver. Certes, ce n'est pas impossible. Le pire, c'est la solitude. Quand elle déjeune seule, ce qui est presque toujours le cas, sans nappe et avec une serviette en papier, elle sent un fantôme lui taper sur la tête et lui plonger le nez dans son assiette. Comme si le fantôme lui reprochait de ne pas être capable de vivre avec quelqu'un, d'avoir un amour. Moi non plus, je ne m'explique pas cette solitude, sinon par une malédiction, car Madame est la personne la plus belle et la meilleure que je connaisse, il n'y a qu'à voir son calendrier où sont notés tous les services qu'elle doit rendre : donner du pain frais aux voisins, faire sa piqûre antidouleur à ma mère et ainsi de suite.

La jument de Madame s'appelle Amelia, mais nous l'appelons Amélie, à la française, et pareil pour Madame, que nous appelons Madame du mot français, sans que ni l'une ni l'autre ne soient françaises, mais il se trouve que tôt ou tard, Madame devra aller à Paris voir où en est le fils aîné des voisins, le musicien. Les voisins observent strictement les préceptes catholiques et ont autant d'enfants que Dieu le veut, mais ils n'arrivent pas à s'en occuper. C'est-à-dire, ils s'en occupent, mais en général, pas en particulier. Donc Madame prépare ce voyage et va en ville deux fois par semaine, pour un cours de français, sauf que tout ce qui relève de l'école l'angoisse et qu'elle souffre beaucoup. Mais Paris. Oh, Paris !

Elle admire beaucoup cette famille des voisins parce que ce sont de braves gens, mais aussi parce qu'ils ont compris comment être heureux.

Moi, en revanche, elle me plaint. Pour ce qui s'est passé avec papa, qui était le meilleur papa du monde, mais qui est parti sans crier gare parce qu'il jouait aux cartes et qu'il était recherché par ses créditeurs et par la police. C'est pour ça que tous nos appartements en ville ont été saisis et que nous sommes venus ici, dans la dernière propriété restante, maman, mes petites sœurs, ma tante, grand-père et grand-mère qui est morte peu après. Pour tout ça, j'ai détesté papa. Jusqu'au jour où il s'est passé quelque chose. Quelque chose de magique. J'étais pelotonnée dans le lit de la chambre que Madame me garde toujours dans sa maison d'hôtes et je n'arrivais pas à m'endormir, pour deux raisons: la série de mauvaises notes et d'avertissements dont j'avais écopé dans toutes les matières et une de mes copines que j'avais invitée à la maison et qui s'était ennuyée alors que nous étions allées voir les dauphins sauter devant Serpentara.

J'ai senti un courant d'air comme si quelqu'un s'amusait à m'éventer. Je ne voyais pas qui c'était, mais mon père me taquinait souvent comme ça. Le vent a soulevé les draps jusqu'au plafond, formant deux grandes ailes, une avec le drap du dessous, et l'autre avec le drap du dessus et on les distinguait parce que celui du dessus est festonné, et pas l'autre. Il ne me restait que mes couvertures et papa n'arrêtait pas de souffler pour s'amuser et, au lieu de mourir de peur, j'étais aux anges. Alors j'ai compris que mon père était mort et que s'il ne revenait pas chez nous, c'était parce qu'il ne pouvait pas, et pas parce qu'il ne voulait pas. J'avais toujours pensé, depuis le jour où il était parti, que mon père n'est pas du genre à nous abandonner comme ça. Surtout moi, l'aînée, sa préférée. Et en effet, il est revenu, à sa façon, il est revenu vers moi.

Le blessé

Mais certains jours, c'est le monde entier que Madame plaint. Elle regarde la plage de galets blancs déserte, la mer azur, turquoise et bleu profond, la nuit, le ciel étoilé, elle sent les bonnes odeurs du maquis et elle dit que cet endroit non plus n'a pas de chance, que trop de gens le convoitent et voudraient peut-être l'incendier pour tout dévaster et construire ensuite des lotissements.

En ce moment, la maison d'hôtes accueille un blessé à qui Madame trouve beaucoup de charme. Il va rester le temps de se remettre. Sa fiancée l'a accompagné, puis elle est repartie dans le Nord, sur le Continent, il parle toujours d'elle et il ne dit pas « je », mais « nous », « Nous pensons ci ou ça, nous faisons ci ou ça », pour montrer qu'ils ne font qu'un. Il souffre parce qu'il ne la quitte jamais, ils sont restés enlacés tout le voyage pour venir en Sardaigne. Elle s'appelle Gioia et, selon l'habitude de sa région, le blessé l'appelle « la Gioia ». Du coup, quand il parle d'elle, nous pensons à la *gioia*, la joie, mais non, c'est la fiancée. Quand Gioia la Joie a accompagné le blessé ici, nous n'avons pas aimé ses manières. C'est une femme qui, par crainte de grossir, est capable de refuser les bons petits plats de Madame pour absorber des sachets de protéines et de vitamines délayées dans un verre d'eau; en plus, elle ne va pas à la mer, sauf si Madame l'emmène en calèche, pire que si elle était impotente, et jamais les jours de vent pour ne pas déranger ses cheveux noirs et lisses, raie de côté, frange et accroche-cœurs, l'un tombant sur l'œil et les deux autres, sous les oreilles.

Le benjamin des voisins

«Qui c'est?» a crié Pietrino, le plus jeune des enfants des voisins. «Qui c'est?» et il montrait le ciel du doigt. Alors, nous avons levé les yeux et nous avons cherché un avion, quelque chose d'insolite. Mais le ciel était vide: ce ne pouvait donc être que la lune.

Quand Pietrino est né, nous habitions déjà ici. Je me rappelle les murmures, le berceau dans la chambre sous le toit, la fenêtre d'où l'on voit s'étendre le maquis et, à l'horizon, un petit bout de mer bleue. Pietrino est né en été et son berceau était couvert d'un voile de moustiquaire. La fenêtre était ouverte et, le soir surtout, la brise apportait les odeurs de la terre et de la mer; on veillait le bébé sans allumer la lumière, dans la mansarde qui au crépuscule virait à l'orange, puis au violet, puis devenait phosphorescente sous la lune. Alors, toujours dans un murmure, grand-mère Elena, qui à cette époque-là vivait encore, maman qui n'avait pas sa maladie, la grand-mère des voisins et la maman des voisins évoquaient les autres naissances. Et Madame, qui n'avait aucune naissance à raconter, faisait la navette entre les deux maisons, sur Amelia qui ne s'appelait pas encore Amélie, chargée de paniers de nourriture pour les uns et les autres. Et dehors, le fils aîné des voisins, qui n'était pas encore parti à Paris, jouait *A Child is Born* de Thad Jones à la trompette, convaincu que le silence du maquis portait sa musique jusqu'à la fenêtre de son petit frère.

Tout n'était que magie et bonheur. Mais ensuite, les voisins ont oublié Pietrino, enfin non, ils ne faisaient plus rien de spécial pour lui, voilà tout. Ni murmures. Ni récits. Ni Thad Jones.

Maintenant Pietrino ne dort plus dans la petite chambre sous le toit qu'il faut toujours laisser parfaitement rangée pour leur grand-mère quand elle vient de son village séjourner chez eux, mais avec ses frères. Chaque soir, il se chante une berceuse et se balance tout seul, et si le rite nocturne du petit s'éternise, les autres le bombardent d'oreillers et menacent de l'étouffer.

Mais Pietrino est dans son univers et n'a besoin de rien. Pas même de jouets. Il demande à son frère aîné de lui rapporter quelque chose de Paris quand il revient. Mais il ne sait pas quoi. Et son frère non plus. Alors le grand lui donne ses vieux billets d'avion, ou de métro, un sachet de boulangerie imprimé en français, une petite bouteille d'*eau minérale Vittel** et le gosse range le tout dans un coffret qu'il croit magique et qu'il appelle son trésor de Paris.

---

* Les mots en italique suivis d'un astérisque sont en français dans le texte.

L'amant de Madame

Madame a un amant en ville, avec qui elle ne sort pas, qui ne vient pas ici, qui n'accepte pas ses attentions et qui ne cuisine pas pour elle ; quand elle va le voir et qu'il est aux fourneaux, elle s'imagine chaque fois qu'il prépare le dîner pour elle alors qu'il cuisine ses repas de la semaine pour remplir son freezer et jamais il ne lui dit : « Tu veux goûter ? »

Une fois, Madame a pris son courage à deux mains et lui a demandé s'il aimerait dîner avec une femme pour le plaisir de savourer des bonnes choses ensemble, de partager une sensation agréable. Il a répondu que oui, assurément, dans une situation propice, à un moment propice.

Sa réponse a épouvanté Madame qui s'est juré de ne plus jamais lui poser ce genre de question idiote. Des questions aussi idiotes détruisent toute la magie. Et sans magie, la vie a un goût d'épouvante.

Niki Niki le coq

Niki Niki accueille à coups de bec tous ceux qui osent l'approcher. C'est un coq, maintenant. Mais avant, c'était un poussin orphelin, ses petits frères étaient morts et nos voisins ne voulaient pas nous le donner parce qu'un poussin meurt sans sa mère ni ses frères. C'était son cri, le pauvre: Nii! Kii! Nii! Kii! Moi, j'ai cru en lui. J'ai espéré qu'il vive. Il dormait dans ma main, je lui avais fabriqué une couche en laine pour ses crottes et dans sa boîte, j'avais mis un miroir, comme ça il croyait qu'il avait des frères, une famille, la maman-main et le miroir-frères, tandis qu'on était toujours nous deux seulement, moi qui faisais un peu de magie et lui qui marchait.

J'ai l'imagination fertile, maman ne supporte pas. Elle dit que je mens. Comme mon père. Elle ne supporte pas non plus quand on m'appelle et que je ne réponds pas, et si je réponds, mon corps est là, mais on se demande où est mon esprit. Et pour elle, le pire c'est que si je raconte quelque chose, y compris dans les moindres détails, un moment vient toujours où on découvre que ça ne s'est pas tout à fait passé de cette façon et que la réalité n'était que mon point de départ.

Maman dit que maintenant sa maladie du dos la condamne à vivre entre son lit et son fauteuil, qu'elle aimerait savoir ce qu'il en est du monde dehors et que ça l'embête de penser que mes récits sont fantaisistes. Elle pourrait demander à grand-père, à mes petites sœurs, à ma tante, sauf que grand-père l'énerve avec ses idées absurdes, que mes petites sœurs sont trop brouillonnes et approximatives et que ma tante ne raconte jamais rien, plongée comme elle l'est dans son travail sur Leibniz. Enfin, travail n'est pas le bon mot, parce qu'elle en cherche un désespérément, de travail. Elle postule souvent à droite et à gauche sans être jamais prise. Pourtant, elle est très brillante et l'université lui accorde des bourses d'études pour écrire sur Leibniz et donner des conférences dans le monde entier. Mais quand l'argent de sa bourse est épuisé, c'est grand-père qui doit l'entretenir, à presque quarante ans. Le sujet exact des recherches de ma tante est le côté irrationnel de la pensée de Leibniz, pourtant très rationnelle. Ma tante a tenu des conférences et des séminaires et nous, on trouve drôle que des gens prennent des avions, des trains et des bateaux pour aller au diable vauvert entendre parler du grand philosophe allemand. Quand elle est allée à Tel-Aviv, où se trouve le meilleur spécialiste vivant de Leibniz, on est restés babas. Pour assister au séminaire, les philosophes palestiniens devaient affronter un véritable calvaire de fouilles et d'humiliations tandis que les philosophes juifs devaient mettre de côté leur hantise des attentats dans une assistance formée de kamikazes potentiels. N'empêche qu'ils ont disserté pendant des mois sur Leibniz, son *meilleur monde possible* et *le mal comme non-être*, sans qu'il ne se passe rien, et ma tante est toujours revenue saine et sauve en ramenant une nouvelle bourse d'études pour continuer à écrire, mais pas un véritable travail.

Parfois, elle ramène aussi un fiancé, toujours philosophe, tantôt israélien, tantôt palestinien. Nous ne comprenons pas ses fiancés parce qu'ils parlent arabe ou hébreu avec ma tante. Avec le reste de la famille, ils s'expriment en anglais, mais le seul qui participe vraiment est grand-père parce que le reste de la maisonnée ne brille pas côté langues étrangères. Nous avons quand même appris à demander aux fiancés arabes «*Kaifa haluk?*» Et eux nous répondent «*Hana bihair!*» Tandis qu'avec les fiancés israéliens, nous nous disons «*Shalom*» et nous les comprenons quand ils adressent à maman un «*Hazak!*» ou qu'ils disent que grand-père est «*Zaddik*». Mais ça s'arrête là.

Maman non plus ne travaille pas parce qu'elle a épousé papa tout de suite après le lycée, qu'elle nous a eues, nous ses filles, et que surtout, nous étions assez riches pour qu'elle n'ait pas du tout besoin de gagner de l'argent. Quand les vaches maigres sont arrivées, elle est tombée malade. Une étrange maladie que les médecins attribuent à un problème de vertèbres et qui l'oblige à rester au lit presque toute la journée. Grand-père console ses filles en disant que l'argent n'est pas nécessaire, que nous vivons dans un endroit merveilleux, qu'au fond nous avons tout ce qu'il nous faut et que beaucoup de gens donneraient des milliards pour vivre ici.

Grand-mère Elena, elle, réagissait autrement, elle trouvait qu'ici c'était le trou du cul du monde; chaque fois que ma tante rentrait de voyage et parlait du succès de ses théories sur la pensée irrationnelle de Leibniz en concluant qu'on ne lui proposait pas de poste pour autant, mais une nouvelle bourse d'études, grand-mère partait pleurer dans sa chambre. Et quand ma petite sœur s'est mise à prononcer *t* à la place de *c*, grand-mère disait que nous avions tout ce qu'il fallait pour que ces gamines parlent bien, et en attendant voilà où on en était. Elle l'incitait à répéter la syllabe « ca », et la petite: « ta »; grand-mère: « caillou », et la petite: « taillou »; grand-mère: « câlin », et la petite: « tâlin ». Alors elle partait pleurer dans sa chambre parce que, depuis que papa avait dû se sauver, nous étions maudits et que tout allait de travers.

Le fils aîné des voisins

Le fils des voisins joue de la trompette de jazz à Paris et sa famille aurait préféré que la musique soit son passe-temps et pas son vrai travail. Quand il revient ici, ça coince souvent. Une fois, en hiver, Madame était là quand il avait répondu à ses parents qui tenaient des propos très méprisants sur le jazz et sur lui, et heureusement qu'elle l'avait suivi quand il avait claqué la porte parce qu'il s'était jeté à la mer avec son blouson et ses chaussures. Elle l'avait ramené chez elle et passé au sèche-cheveux. Les voisins demandent à Madame de prier pour ce fils dont le destin est de finir clochard, drogué et alcoolique sous les ponts de la Seine et elle répond que oui, elle priera, mais que c'est un garçon qui ne boit pas et n'a jamais roulé le moindre joint.

Il va sans dire que ses parents ne risquaient pas de lui acheter une trompette, c'est venu de Madame.

Ce jour-là, le fils des voisins avait séché ses cours et attendu plusieurs heures que Madame arrive dans sa Ferrarina à l'embranchement de la route nationale. Moi aussi, j'avais manqué le collège pour être de la partie. Madame lui avait bien recommandé de me surveiller puisque j'étais une gamine et que mes parents ne me permettaient pas d'aller jusqu'à la route nationale sans un adulte, mais il courait loin devant et je restais à la traîne. Nous avions passé les heures d'attente cachés dans le maquis, parce que gare si ses parents ou sa grand-mère avaient découvert qu'il sautait ses cours pour acheter une trompette, et tout ce temps, il n'avait pas dit un mot, tambourinant sur la pierre des morceaux de musique qu'il chantonnait bouche fermée. Quand la Ferrarina était arrivée, il avait sauté dedans fou de joie et, sans Madame, il m'aurait oubliée là. De retour de Cagliari avec la trompette, comme ses parents l'avaient bien averti qu'il n'était pas question qu'il joue dans la maison, Madame lui gardait toujours une chambre pour les jours de mauvais temps et, maintenant qu'il est parti, c'est moi qui en dispose. Il y a une chaise et un lit, rien de plus, parce que Madame n'aime pas les babioles et que, pour elle, même l'argenterie rentre dans cette catégorie. Malgré cela, la chambre est magnifique. À l'étage. Baignée de lumière. Par la fenêtre, la mer à l'horizon se confond souvent avec le ciel et les bateaux qui passent semblent suspendus, magiques, derrière les carreaux.

Madame n'a pas eu d'enfants, ni de mariages, ni d'unions de fait, seulement un grand nombre d'amants qui ensuite se sont casés avec d'autres femmes et vivent avec elles ce qu'ils n'ont jamais voulu vivre avec Madame. Mais elle ne leur en veut pas. Au contraire. Elle dit que ses amants ont sûrement leurs raisons, sauf qu'elle a beau se creuser la tête, elle ne s'explique pas pourquoi aucun homme ne tombe amoureux d'elle. Mais la grand-mère des voisins, elle, a une explication : Madame est *manna e tonta*[1] et tous ces amants *pira cotta pira crua d'ognuno a dommu sua*[2] ne devraient même pas retenir l'attention d'une femme.

Pour la grand-mère, son petit-fils à Paris est inscrit à l'université, c'est ce que les voisins lui disent, parce qu'il ne faut jamais fournir de raisons de s'inquiéter aux personnes âgées. Alors quand elle pose des questions, ils alignent aussitôt des bobards gros comme eux. L'autre jour, voilà que la grand-mère déclare : « J'ai quelque chose à vous reprocher, une chose qui m'a vraiment blessée. » Et tout le monde s'est figé sur place, croyant qu'elle avait compris que son petit-fils ne fréquente pas la Sorbonne, mais joue du jazz à droite et à gauche, et qu'elle leur reprochait de ne pas l'avoir jugée digne de leur confiance et de leur sincérité.

---

1. « Grande et bête ».
2. « Poire cuite, poire crue, chacun chez soi. »

Silence. Puis elle a enchaîné : « La dernière fois que votre fils est venu, j'ai remarqué qu'il n'avait pas de mouchoir ! Il faudrait quand même le lui dire ! Il doit s'essuyer avec sa manche. À Paris ! »

Les internautes

L'amant de Madame lui a été présenté par son ex-femme, qui était une des profs de français de son cours en ville. Elle est sympathique, mais Madame la craignait, comme tous les profs au monde. Cette ex-femme sympathique se lie facilement d'amitié et elle s'est mis dans la tête de changer en mieux la vie de Madame. C'est elle qui lui a présenté son ex-mari dont elle n'est pas jalouse. Loin de là.

Les clients de la maison d'hôtes de Madame sont souvent des internautes que l'ex-femme de l'amant rencontre en *chattant.* Mais parfois, elle vient aussi sans homme, juste pour voir Madame, pour parler de rêves de bonheur et dire qu'elle *chatte* parce qu'en Sardaigne, il n'y a pas d'hommes et que partout où on va, on ne trouve que des femmes parce que notre société est matriarcale. Elle dit que, depuis qu'elle est séparée, aucun homme d'ici ne l'a invitée nulle part et que, par conséquent, elle contacte les hommes dans le cyberespace.

Quand les internautes sont malheureux parce que leur histoire avec l'ex-femme de l'amant ne marche pas, tout leur est bien égal : la plage blanche et déserte, les îlots qui brillent sous le soleil, la mer couleur saphir, les œufs fraîchement pondus par les nombreuses épouses de Niki Niki, les vraies tomates et les citrons qu'on peut manger avec l'écorce parce qu'ils ne sont pas traités. Ils se pendent au téléphone pour avancer leur vol de retour. Madame est malheureuse pour eux, alors elle essaie les rites magiques pour améliorer la situation, peut-être pas les quatorze gâteaux sardes, le lien, mais au moins le sept, l'amant, ou les trois couverts, le plaisir, et quand elle voit que c'est peine perdue, alors elle n'empêche même plus les verres de rouler ou les couteaux de se croiser. Une fois, un internaute triste, qui n'avait pas conquis l'ex-femme de l'amant, avait dû attendre le lundi pour rentrer sur le Continent et il s'était bouclé dans sa chambre tout le samedi et tout le dimanche, Madame soucieuse surveillait si un petit rai de lumière filtrait à sa porte, en vain car il avait fermé ses volets au nez du soleil.

Mais quand ça marche pour eux avec l'internaute sarde, alors ce lieu est sans pareil. Magique.

Puis arrive toujours le jour où l'ex-femme de l'amant vient seule chez Madame et annonce que tout est fini, qu'il s'agit de se retrousser les manches et d'en trouver un autre. Pourquoi Madame ne se remue-t-elle pas un peu, elle aussi? Pourquoi n'iraient-elles pas au golf ensemble? Pourquoi ne s'inscriraient-elles pas à un cours de danses latino-américaines? Pourquoi ne feraient-elles pas du cheval dans un centre d'équitation? Madame monte si bien, mais tant qu'elle se contentera de sillonner les collines avec Amélie, elle peut être sûre qu'elle ne rencontrera personne et qu'elle continuera à penser à son amant, l'ex-mari qu'on lui a présenté en croyant bien faire. Et voilà le résultat. Pourquoi ne *chatterait*-elle pas, elle aussi? Pourquoi ne vendrait-elle pas sa propriété pour devenir riche, bien s'habiller et voyager à sa convenance? Madame le prend en riant, elle a beaucoup d'affection pour l'ex-femme de l'amant, mais elle n'envisage pas une seconde d'en passer par là et, pour éviter ces scénarios, elle préfère rester pauvre et vieille fille.

Quand l'ex-femme de l'amant doit arriver, Madame avertit ses amis du Sénégal, du Pakistan et du Maroc qui, l'été, font halte chez elle pour couper un peu leur dure journée de vendeurs ambulants sur les plages. Madame sert à manger et à boire et l'ex-femme de l'amant achète et repart contente avec de nouveaux colliers, des bracelets, des sacs, des vêtements.

L'ex-femme de l'amant a des visées sur grand-père. Elle dit qu'il est bourré de charme et qu'il faut aux femmes de leur âge des hommes beaucoup plus jeunes ou beaucoup plus âgés, parce qu'avec les autres, ça ne marche pas. Mais grand-père va chez Madame quand son amie est repartie et il dit que ces gens qui s'estiment quittes avec le tiers-monde et avec leur conscience, en achetant des fanfreluches, le révulsent et que, non seulement il ne prendrait jamais pour fiancée l'ex-femme de l'amant de Madame, mais qu'il n'en voudrait même pas comme voisine de caveau au cimetière.

Madame dit à grand-père que quand même, l'ex-femme de son amant est belle et qu'elle ressemble à Nicole Kidman en plus vieux. Alors il lui répond que oui, pour être honnête, c'est vrai, du côté maternel. La mère, c'est bien Nicole Kidman, mais le père, plutôt un petit cochon. À l'en croire donc, l'ex-femme de l'amant est un croisement entre la belle comédienne et un goret. Et puis, les cheveux blonds bouclés, grand-père, ça le révulse. Il les aime plats, comme les miens et comme ceux des autres femmes de notre famille, ou noirs et bouclés comme ceux de Madame.

Une fois, Madame voulait être aimée, admirée et gâtée comme Gioia la Joie et elle est allée à Cagliari se faire défriser chez un excellent coiffeur, et chaque fois que grand-père la voyait, il éclatait de rire en lui disant qu'elle ressemblait à une souris qui serait tombée dans l'huile.

Le fantôme

Dans la maison d'hôtes de Madame, un fantôme la suit partout, il ricane dans son dos et lui murmure d'une voix méchante que, de toute façon, personne ne voudra jamais d'elle, et qu'après l'avoir baisée, les hommes ne se souviennent même plus d'elle car les êtres humains aiment les gagnants, pas ceux qui déclarent forfait, comme elle qui serait riche si elle vendait sa propriété, mais ne veut pas en entendre parler. Quand elle s'assied toute seule sur une chaise dans sa chambre, son assiette de soupe sur les genoux parce que la cuisine est peut-être occupée par les clients, ce fantôme lui flanque des claques sur la tête, si bien que Madame renverse sa soupe, salit tout et, en larmes, nettoie par terre tandis que le fantôme qui n'en espérait pas tant la bourre de coups de pied, la tire par les cheveux et lui appuie sur la nuque pour qu'elle lèche le sol. Parfois, il fait encore pire, pendant que Madame enfourne le pain, il la distrait et elle se brûle, et même si on refuse de croire à ces histoires de fantôme, les marques sont là parce qu'à cause des sales tours du fantôme, Madame est toujours en piteux état, pleine de bleus et de brûlures.

Pietrino aussi voit des choses que les autres ne voient pas. Il crie comme un disque rayé « Mamaaannn mamaaannn, papaaa papaaa ! » et, soit ils ne sont pas chez eux, soit ils ne bronchent pas, trouvant normal qu'un gosse passe son enfance à appeler sans obtenir de réponse. Madame dit qu'ils ne savent pas ce qu'ils ratent parce que Pietrino est un enfant très intéressant. Génial. Il s'est construit un petit radeau avec une planche arrimée à quatre bouées, un petit canot au milieu et une voile coupée dans un vieux drap, ce radeau flotte et le gamin sait toujours dans quelle direction le vent soufflera.

Une fois, c'était avant son radeau, il a pêché un gros poisson alors qu'il n'y avait pas de fond et quand on lui a demandé comment c'était possible, il a répondu qu'on lui dit toujours chez lui que si on désire très fort quelque chose, il suffit d'être sage et de demander à Dieu. Alors, il a demandé à Dieu de lui faire pêcher un gros poisson au moins une fois, Dieu l'a écouté et lui en a envoyé un alors qu'il n'y avait pas de fond.

Pietrino pleure et son crâne est plein de plaques pelées parce qu'il s'arrache les cheveux de désespoir, vu qu'il passe son enfance à appeler des gens qui ne lui répondent jamais. Dieu excepté, bien entendu.

Grand-père l'emmène avec lui. « Nous, les hommes », dit-il parce qu'il n'en peut plus d'être toujours tout seul avec des femmes. Même son meilleur ami, Madame, est du sexe féminin. Et de toute façon, chaque fois qu'un autre homme est là avec qui il pourrait lier amitié, c'est immanquablement quelqu'un qui lui casse les couilles : le père des voisins, le blessé, les internautes. En revanche, il a un faible pour l'aîné et le benjamin des voisins. Il dit que ce sont des héros de contester leur modèle familial et qu'ils incarnent la diversité nécessaire pour que le monde reste équilibré. Si nous étions tous pareils, le monde pencherait d'un seul côté et l'univers basculerait. C'est ce que papa empêchait dans notre famille trop bourgeoise. Grand-père avait un faible pour lui. Grand-mère aussi, et après son départ, après des mois où elle a été au désespoir parce que nous avions tous les droits d'être heureux et que notre sort était injuste, elle a fini par mourir de crève-cœur. Elle ne voulait même pas entendre parler des différences nécessaires à l'équilibre du monde ; pire, si grand-père essayait de la consoler avec cette philosophie, son désespoir augmentait au point qu'elle en faisait un malaise et qu'il fallait l'emmener aux urgences. En plus, l'envie la travaillait, par exemple à l'égard de la grand-mère des voisins quand celle-ci se vantait de sa famille parfaite, de ses neuf petits-enfants, tous mieux les uns que les autres – à cette époque l'aîné était encore un petit garçon et Pietrino un nourrisson –, de sa bru qui l'appelait maman et des valeurs saines qui étaient les leurs, sans allusion à personne, naturellement. De sorte que grand-mère Elena se privait aussi de ces papotages et qu'elle restait enfermée à la maison pour ne pas écouter la grand-mère des voisins se vanter et, surtout, sous-entendre des comparaisons avec la nôtre, de famille, et avec les nôtres, de valeurs, quand son flambeur de gendre avait pris la tangente. Elle ne pouvait que se taire parce que désormais il ne lui restait plus rien. Rien. Grand-père lui rappelait qu'il lui restait deux filles et trois petites-filles jolies et gentilles, et aussi, au cas où elle ne s'en serait pas aperçue, un mari, en sa personne. Mais elle ne nous voyait pas. Elle disait qu'on nous avait jeté un sort, que quelqu'un nous avait maudits, parce que nous avions tous les droits d'être heureux, beaucoup plus que cette *bidducula maiola, priogu resuscitau*[1] qu'était la grand-mère des voisins, qui mangeait sa soupe en l'aspirant à grand bruit, qui, si elle n'avait pas épousé celui qu'elle avait épousé, paix à son âme, aurait tiré le diable par la queue, et qui, si elle n'avait pas eu le fils qu'elle avait eu, sérieux, travailleur et pieux, qui avait repris leur entreprise de bâtiment à la mort de son père, bien conscient d'abandonner ses rêves fous de construction écologique, bref, si elle n'avait pas eu tout ça, elle aurait dû ravaler ses vanteries.

---

1. « Paysanne rustre, pou ressuscité », c'est-à-dire parvenue.

L'amant second de Madame

Grand-père nourrit une aversion particulière pour l'amant second de Madame, qui ne lui est pas fidèle et n'est jamais libre quand c'est elle qui l'invite et non pas lui qui prend l'initiative. Son projet de vie, il ne s'en cache pas, est d'épouser une femme jeune, belle, avec qui faire des enfants et fonder une famille. En attendant, il couche avec plein de femmes, dont Madame, et il les rassure en arguant de l'excellente qualité de ses préservatifs. Madame l'aime, le défend, l'admire beaucoup pour sa capacité à vivre le présent en attendant mieux et elle pense que l'amant second porte chance. Quand elle achète des draps neufs pour les chambres des clients, elle lui demande de faire un rite magique: se rouler dans le lit pour garantir à ses futurs occupants les joies du sexe. Puis, comme de bien entendu, l'amant second attrape Madame et ils roulent ensemble. Ils ont des horaires décalés: à l'heure où Madame prend son petit déjeuner, l'amant second va se coucher. Il est toujours content de tout, de la beauté des lieux, de la nourriture, des chemises qui sentent bon le propre, des livres qui l'attendent sur la table de nuit, des parties de foot. S'il n'y a personne, il fait tout, tout seul, et il n'est pas moins content; il s'amuse à tirer des buts en solitaire et ça le ravit. Grand-père dit qu'il ne comprend pas: si l'amant second fait tout, tout seul, et qu'il ne s'en trouve pas plus mal, pourquoi cavale-t-il derrière tous les jupons? Il n'a qu'à se marier à la veuve Poignet.

Grand-père ne supporte pas que l'amant second invite toujours Madame au dernier moment et que, s'il l'invite à l'avance et qu'ensuite il trouve mieux, il la rappelle d'une voix essoufflée en invoquant des contretemps ahurissants: pannes de voiture, amis en détresse, chauffage qui pète, canalisations qui fuient, inondations à répétition, casseroles en flammes: grand-père dit qu'il ne manque plus qu'un kidnapping par des extraterrestres. Madame a appris à rendre la monnaie de sa pièce à l'amant second. Si elle doit le voir et qu'entre-temps, l'amant premier lui téléphone, elle invente des histoires à dormir debout. Elle excuse tous les mensonges de l'amant second. Il a le droit de réaliser son projet, il est juste que Madame serve de bouche-trou, qu'il la sollicite quand il n'a pas de femme jeune et belle et si l'amant second lui avouait la vérité, c'est-à-dire ça justement, ce serait sans doute pire. Toute la magie disparaîtrait. Et ce qui resterait aurait un goût d'épouvante.

Et puis, l'amant second souffre lui aussi, car parfois ces femmes jeunes se comportent mal. Une fois, une fille, très très belle, a accepté une promenade avec lui en voiture sur la côte et elle a amené un copain. Elle était assise devant, l'amant second au volant, et pour s'amuser, elle a relevé son tee-shirt en demandant aux deux hommes si ses lolos bonnet D leur plaisaient, et comme le gars derrière ne voyait rien, il les a palpés pour lui donner sa réponse, il lui agaçait les tétons et l'amant second était terriblement excité, mais aussi très triste. Il a arrêté la voiture dans un endroit isolé. Elle a incliné son siège et l'autre l'a prise en premier parce qu'elle aimait que le plus vieux regarde et se masturbe. Mais l'amant second n'est arrivé à rien car l'excitation avait disparu et au lieu de regarder et de jouir, il est descendu de voiture et a vomi.

Battement d'ailes

Depuis que papa est parti, maman ne sait pas qu'il est mort et qu'il m'est apparu avec des ailes, elle souffre d'une étrange maladie au dos et se sent toujours fatiguée. Grand-père lui a installé son lit près de la fenêtre, dans la chambre la plus claire, avec la meilleure vue. Une fois, je l'ai vu pleurer, assis à la table de la cuisine, la tête entre les mains.

Maman reproche à grand-père de ne pas détester papa pour ce qu'il a fait. D'avoir une tendresse particulière pour ce qui est étrange, choses ou gens. Grand-père ne s'est pas ému de notre déshonneur, de notre misère soudaine, de notre naufrage ici, en marge du monde civilisé. Il semble presque content de ces nouveautés. Il s'ennuyait quand tout allait bien.

Grand-père dit, mais sur un ton joyeux, comme s'il parlait d'un tout autre sujet, qu'il aime les changements et qu'il voudrait mourir parce que continuer à vivre reviendrait à accumuler les répétitions.

L'ennui garanti. Alors Madame et moi protestons parce que si grand-père meurt, nous voulons mourir aussi et Madame dit que si quelqu'un doit mourir, c'est elle. Personne ne l'aime et elle ne vend pas sa propriété. Mais grand-père l'a convaincue que non, qu'elle doit vivre à tout prix. Pour une raison très simple. En dépit de son âge, Madame est comme moi, une gamine de quatorze ans qui n'a pas encore vécu les expériences dont bien des gens sont déjà revenus. Une belle histoire d'amour, par exemple. Une vie à deux. Un mariage, pourquoi l'exclure. Un voyage. Un diplôme en candidate libre, sans suivre de cours. Grand-père dit que Madame est «l'homme nouveau», l'unique type humain qui pourra survivre à la catastrophe actuelle car elle sait distinguer entre les babioles et ce qui compte dans la vie. Madame doit défendre cet endroit contre tous ceux qui voudraient y construire des villages de vacances, ces gens qui ne pensent qu'à l'argent. Et elle le défendra sans violence. Avec sa détermination courtoise. Parce que c'est l'arme du futur. Et le futur, c'est Madame.

Elle est toute fière alors d'être l'«homme futur», mais dans ce cas, pas question que grand-père meure. Sans lui, elle ne sait pas être cet homme nouveau.

*La ville lumière**

À la seule idée de voir Paris, Madame se sent plus raffinée et, au cours de français, elle a appris à ne plus rouler les *r*. Elle dit que, après ici, Paris sera sûrement l'endroit au monde qui lui plaira le plus. Elle m'emmènera peut-être aussi.

Madame fréquentait le cours de français en ville deux fois par semaine, mais elle n'a jamais supporté l'école. Ça l'angoisse. Elle ne se souvient plus de rien, même si elle a bien appris, et avant d'entrer, ses jambes flageolent et son cœur bat à tout rompre. Pour trouver le courage nécessaire, elle prenait le car à l'aube comme nous, les élèves, parce qu'elle aurait été incapable de conduire avec une telle tremblote. Avant de monter, elle se retournait. « Ma maison », disait-elle presque en larmes.

Souvent grand-père nous accompagnait à l'arrêt, il la soutenait en plaisantant tout le long et, pour se moquer d'elle, il lui récitait les vers célèbres de Rilke : *Qui donc nous a retournés de la sorte que,/quoi que nous fassions,/nous avons toujours l'air de celui qui s'en va ?/En haut de la dernière colline, celle qui/pour une dernière fois lui fait voir toute la vallée,/il se retourne, s'attarde/– ainsi vivons-nous, faisant sans cesse/des adieux*[1].

Puis, un matin où elle grimpait déjà dans le car, en proie à la panique, grand-père l'a secouée et obligée à redescendre. « Merde, ça suffit maintenant cette connerie de la Madame française ! »

Depuis ce jour-là, Madame, qui a beaucoup de jeunes amis sénégalais parfaitement francophones, donne l'argent des cours à l'un d'eux, Abdou, et ils pratiquent la seule école qui, d'après grand-père, soit adaptée aux élèves en difficulté, une école ambulante, en plein air, *dans la joie et au soleil**, sur fond de vagues pour réciter le verbe être *Je suis, Tu es, Il/Elle est**. Madame et son nouveau professeur quittent la nationale, prennent le chemin rocailleux qui descend à la mer et disent les noms des choses en français. Le chemin est taillé dans le granit, par endroits il est couvert *de terre et de pierres** rondes et pointues, *rouges, noires, orange** dont le mélange crée un effet de route rose tandis qu'au milieu poussent des asphodèles, et sur les bords, des cistes, des lentisques couverts de baies rouges en automne et des genévriers, les plus petits chargés de baies *violettes**,

1. Rainer Maria Rilke, *Huitième Élégie de Duino*, traduite par Lorand Gaspar, dans *Œuvres*, vol. 2, Poésie, Seuil, 1972.

toujours pressés autour d'un plus gros et robuste. Ici et là, des *oliviers**, dans leur beau *vert argenté**. Abdou aussi est content et on voit qu'il prend plaisir à donner ces cours à Madame, que ce n'est pas juste pour l'argent. Il lui a dit qu'avec tous ses tracas, il ne s'était pas aperçu que l'endroit où il était arrivé était *fabuleux** et il est désolé quand il ne connaît pas les mots que Madame cherche. Mais comment, jusque-là, remarquer la mer qui change de couleur avec les saisons et semble badigeonnée d'un turquoise corrigé d'une pointe de vert sous le soleil, tandis que plus loin, elle est saphir, plus loin encore bleu nuit et, autour des rochers à fleur d'eau, d'un azur nouveau-né ? Ou les rochers de Serpentara, ou les Varaglioni qui brillent dans cette immensité de bleus mais qui, par temps de sirocco, prennent une couleur cendrée tandis que la petite île émerge d'entre les nuages ? Ou les vagues qui viennent recouvrir les galets de la plage, puis repartent emportées par le ressac et sont tout ce qu'on entend dans ce grand *silence**, ou bien qui se brisent avec force, en nimbant l'air de vapeur, gigantesque aérosol naturel, et c'est peut-être pour cela que le maquis recule devant l'herbe et que nous disons qu'on va en Irlande ? Ou nous, qui jouons à plisser les yeux pour former le cadre où insérer des photos de la Méditerranée et aussi, avec un peu de chance, des dauphins qui bondissent et se réjouissent d'un rien, juste de bondir ?

Comment remarquer tout cela, dit Abdou, quand il y a les humiliations, la faim, la *nostalgie**? Les arbres, par exemple, n'étaient qu'une chose verte produisant des fruits.

D'après la grand-mère des voisins, il n'est pas convenable que Madame se promène avec ce *nied-deddu*[1], et quand son nouveau prof et elle passent dire bonjour aux voisins, ils ne les invitent jamais à entrer, ils restent bavarder sur le seuil, courtois et affables, mais jamais ils ne disent « Entrez ! » ou « Vous prendrez bien quelque chose ? »

---

1. « Petit nègre ».

Le bonheur des voisins

Une fois, Madame a confié à la maman des voisins qu'elle veut mourir parce qu'elle se sent malheureuse et inutile. La voisine l'a consolée en objectant que personne n'est inutile sur terre, pas même les bêtes les plus repoussantes et que les fois où ça lui tombe dessus aussi, elle pense à saint Paul quand il dit: «Seigneur, garde-moi ici-bas tant que tu me penseras utile.»

Tant que le Seigneur nous garde en ce monde, cela signifie qu'il y a une raison. Et puis, nous ne sommes pas sur cette terre pour être heureux, mais pour une raison connue de Dieu seul. Il faut vivre, c'est tout, et prendre ce qui vient. Se braquer sur le bonheur est signe d'orgueil et d'ingratitude.

Moi aussi, je prie souvent papa de venir me chercher pour m'emmener là-haut, près de lui. Parfois, je n'en peux plus de mes soucis, de ma peur devant tous les malheurs qui peuvent encore nous arriver, mais je me souviens de ce que disent la maman des voisins et, surtout, saint Paul, alors je me repens aussitôt et j'admets que si papa ne vient pas me chercher, c'est parce que je suis utile ici.

Grand-père, lui, ne supporte pas les voisins. Cette manie de faire des enfants et de s'en occuper en général mais pas en particulier. Leur sempiternel « Récite une prière ! » Cette habitude des parents de se prendre par la main devant les gens. S'ils s'aiment tant, pourquoi ne le gardent-ils pas pour eux ? Ou la messe du dimanche qu'il n'est pas question de rater même si quelqu'un chez eux a quarante de fièvre parce que sinon on va en enfer, et que je t'entasse la moitié de la famille dans la voiture de la gentille petite maman et l'autre moitié dans celle du gentil petit papa. « Regardez comme Dieu nous aime. Normal, on lui obéit. »

Tout le monde aime les voisins, sauf grand-père. Ces gens lui donnent envie de vomir, à l'exception du jazzman et de Pietrino qui, à leur façon, sont de véritables héros.

Si j'y réfléchis bien, moi non plus je n'aimerais pas être fille des voisins, surtout pour la nourriture et les vêtements. Par exemple, j'ai peur des tomates et je n'arrive pas à dire pourquoi, même dans ce journal. À la maison, on en tient compte, personne n'en mange jamais devant moi et Madame garde toujours les siennes, qui sont pourtant sa grande réussite, dans une corbeille couverte que je n'approche jamais.

La plus petite de mes sœurs a du mal avec les morceaux de légumes dans la soupe, alors on la mixe pour elle. Ma tante, qui doit étudier Leibniz et *le meilleur monde possible*, n'a jamais le temps d'aider à la maison et on la laisse tranquille avec ça. Tandis que chez les voisins, chacun reçoit des tâches précises et occupe un rang, comme à l'armée, pour ne rien dire des repas : il y a ce qu'il y a, par exemple des pâtes, et tant pis pour ceux qui n'aiment pas, ils mangeront au repas suivant.

Pietrino ne supporte pas le lait et invariablement, chaque matin de son existence encore courte, on lui sert du café au lait trempé de biscuits. Alors, il reste en arrêt devant son bol rempli à ras bord. « Pourquoi tu ne bois pas ton lait ? – Il est trop profond. » Pas une fois ils ne lui feraient du thé. Pietrino aime tremper du pain dans du thé et quand il vient jouer avec ma petite sœur, il en ingurgite des quantités impressionnantes. Nous, on regarde ailleurs car le thé avec du pain, ça nous rebute, mais ce n'est pas pour autant qu'on refuse de lui en donner. Je l'ai dit à la maman des voisins et elle a répondu : « Ah oui ? » Mais les jours suivants, leur gamin trouvait le même bol plein à ras bord de lait et de biscuits.

Pareil pour s'habiller. D'accord, on ne peut pas emmener neuf enfants en ville choisir leurs vêtements – tiens, j'y pense, le neuf est le chiffre de la solitude – mais deux par deux au moins une fois;

comme il y a quatre saisons, ça en ferait déjà huit qui pourraient choisir au moins une fois par an, sachant que le trompettiste de jazz vit à Paris et que, de toute façon, il ne s'intéresse sûrement pas à sa garde-robe, mais seulement à ses partitions et à ses CD.

Tandis que dans ma famille, nous les filles, on fait des caprices, l'argent maintenant est rare et quand on pleurniche parce qu'on n'aime pas nos chaussures ou une robe, grand-père les jette à la poubelle, comme ça, on apprend ce que c'est, mieux que rien.

Pour ma part, je n'ai plus de souci à me faire, c'est Madame qui me coud mes vêtements, car parmi ses nombreux métiers pour éviter l'école, elle a aussi été couturière. Dans les armoires de Madame, son arrière-grand-mère, sa grand-mère et sa mère ont laissé des tonnes de couvertures, nappes, besaces, tapis, serviettes de toilette, couvre-lits tissés main dont aucun des autres enfants n'a voulu et où Madame coupe des vêtements pour elle, pour moi et pour ma tante quand elle a dépensé tout l'argent de ses bourses d'études.

Elle taille les besaces en robes droites, version chic avec incrustations de velours ou de soie et rubans, pour la saison froide avec trame et chaîne en laine et pour l'été en lin ou en coton. Dans les couvertures, elle coupe des pardessus et des manteaux. Superbes, avec leurs motifs géométriques droits, ou en zigzag, ou en épi. Le problème, ce sont les couleurs, violet, rouge, bleu clair, vert, qui à mon avis, ne sont pas indiquées pour des vêtements d'hiver. C'est déjà mieux quand l'étoffe est unie ou à *pibiones*[1].

Grand-père dit que les modèles de Madame font penser à des habits de poupée, mais de poupée soviétique retrouvée sous les ruines de Stalingrad après le siège. N'empêche qu'au moins, on sort de l'ordinaire. On n'en peut plus de ces gens qui achètent, achètent, parce qu'ils n'ont pas d'autre plaisir dans la vie, et la meilleure des révolutions consisterait à ne plus acheter et à tous nous habiller en récupérant de vieilles nappes et des draps usagés.

L'enthousiasme de grand-père a dopé Madame qui lui a cousu des mules dans des chutes de robes, ainsi qu'un beau pyjama rayé dans un vieux tissu à pain. Grand-père a beaucoup apprécié et maintenant, quand il rentre à la maison, il annonce : « Je vais retrouver le confort de mes pantoufles de clown et de mon pyjama de déporté. »

---

1. Type de tissu façonné, avec motifs en relief.

La maison d'hôtes de Madame

La maison de Madame ne reçoit pas plus de huit clients à la fois et maintenant que l'été touche à sa fin, il n'y a plus que le blessé.

Sur la petite plage entourée de rochers, le blessé prenait le soleil. Comme toujours, Madame l'avait accompagné dans la calèche tirée par Amélie, l'avait aidé à s'asseoir sur son fauteuil pliant, avait glissé sous sa jambe plâtrée un tabouret qui s'enfonçait dans le sable juste ce qu'il fallait pour que l'installation soit confortable. Puis, et j'ignore pourquoi elle a agi ainsi, elle a enlevé son soutien-gorge et enduit de crème solaire le blessé qui est pâle comme un cachet d'aspirine, son dos, sa jambe valide jusqu'à l'aine, sa poitrine et son cou. Elle était tout près de lui, à croire qu'elle voulait l'allaiter avec ses seins aussi épanouis que s'ils étaient pleins de lait. Le blessé a tété un sein, puis l'autre. Éperdu de faim. Puis Madame a reculé, elle a écarté l'entrejambe de son slip de bain et s'est ouverte toute pour lui montrer son intimité que le blessé a caressée de sa main valide, puis de ce même bras, il a attiré Madame à lui et l'a assise sur ses genoux. Madame bougeait sur lui et l'allaitait jusqu'au moment où ils ont crié. Puis Madame s'est étendue à ses pieds et le blessé lui caressait tendrement la tête comme à une enfant.

Je n'entendais que la mer et ma respiration, et je me demandais comment le blessé peut ne pas être amoureux de Madame et l'être tant, en revanche, de Gioia la Joie.

La famille de Madame

Madame dit qu'elle est le résidu, ou le déchet, ou la scorie, bref la dernière-née d'une famille nombreuse, ordonnée, sérieuse et très riche. Ses frères et sœurs ont réussi leurs études, de même que leurs mariages et sont en droit, d'après Madame, de marcher la tête haute. Quand ils étaient petits et qu'ils jouaient à cache-cache, personne ne la trouvait jamais et elle gagnait parce qu'elle se cachait dans les bidons d'ordures, ou bien à l'endroit où crottaient les animaux, ou bien dans un coin à guêpes, bref, là où personne n'avait le cœur suffisamment bien accroché pour venir la chercher.

Et pourtant, dans ces endroits répugnants, elle se sentait mieux qu'à l'école. Elle avait peur de sa maîtresse et la nuit, elle rêvait qu'elle était dans un champ d'institutrices qui l'interrogeaient, l'humiliaient en l'obligeant à lécher par terre, lui menottaient les pieds et les mains pour qu'elle ne puisse pas se défendre de leurs coups de pied, la brûlaient avec des allumettes, la traitaient de démente et de sorcière parce qu'elles avaient appris qu'elle croyait à la magie. Sur le chemin de l'école, elle s'arrêtait à plusieurs reprises pour s'asseoir, découragée, sur le trottoir, son cartable sur les genoux avec ses cahiers bourrés de devoirs pas finis où la maîtresse mettrait le *V* de *Vu* accompagné d'un point d'interrogation auquel Madame ne saurait pas donner de réponse. Plus grande, le problème de l'école s'était aggravé et il s'y était ajouté celui des fiancés qui sortaient avec elle mais ensuite la quittaient et qui, quand elle les croisait enlaçant d'autres filles, l'ignoraient. Et là non plus, elle n'avait pas de réponse. Sa vie par la suite avait été à la même enseigne, pour les études, pour les hommes, un point d'interrogation. Sauf que Madame avait hérité, non pas d'un bidon d'ordures ou d'un tas de fumier, mais de cet endroit couleur lapis-lazuli, fleurant l'iode et le genévrier, où elle pouvait se cacher. Ses frères et sœurs avaient vendu leur part aux promoteurs de villages de vacances et pensaient qu'elle en ferait autant.

Mais Madame, qui n'avait aucun diplôme, était venue sur la côte travailler dans des hôtels où elle avait appris à faire le ménage et les lits, à servir à table, à cuisiner, à coudre, mais aussi à nager pour sauver les touristes, à monter à cheval et à servir de guide dans les endroits les plus secrets et les plus reculés. Les voisins ont appris par les promoteurs que, dans les hôtels où elle travaillait, elle faisait aussi la pute, pas pour de l'argent, elle se donnait simplement à tous les hommes et de la façon qu'ils préféraient. J'en ai parlé une fois chez nous et j'ai ramassé une bonne claque de grand-père qui a dit que Madame déjoue la mort à sa façon, mais que c'est trop difficile à comprendre quand on n'est pas à sa hauteur.

Elle est installée ici depuis maintenant sept ans. Grand-père et elle se connaissaient parce qu'ils venaient surveiller leurs terrains. Grand-père nous parlait d'une femme superbe et sauvage aux longs cheveux noirs bouclés et au corps de Vénus, ou de Diane, aux yeux jaunes et liquides de tigresse qui ne veut dévorer personne, mais à l'esprit dérangé parce qu'elle préférait se coltiner des boulots de serveuse dans des hôtels plutôt que de vendre sa propriété et de s'enrichir. Mais grand-père a beaucoup changé depuis cette époque. Maintenant il ne dit plus que Madame est dérangée, ni qu'elle est belle, non plus. Il s'en faut. Si un des clients lui tourne autour, grand-père dit qu'il y a tellement personne ici, juste la mer, le maquis, le ciel et les rochers, que même Madame devient une femme aux yeux des clients. Et quand il parle tout seul, il l'appelle « mon meilleur ami », pour marquer qu'en ce qui le concerne, elle n'est pas du sexe féminin. En outre, pour grand-père, Madame n'est pas Madame, mais *sa tzia* qui, en sarde, veut dire la tante, sauf que chez nous, quand on appelle une femme ainsi, *sa tzia,* sans lien de parenté, surtout si c'est un homme qui le dit, cela signifie que pour lui, la tentation sexuelle est exclue.

Pendant un dîner que Madame avait organisé pour que nous puissions mieux connaître le blessé, grand-père l'a chambrée comme d'habitude en l'appelant *sa tzia.* Puis, à un certain moment, ma tante était là aussi, la conversation est partie sur la religion et grand-père a dit que la seule croyante en l'absence de maman et des voisins était Madame et il lui a demandé d'expliquer pourquoi elle croit. Madame était contente de cette remarque et elle a déclaré qu'elle se moquait bien de savoir si Jésus est Dieu ou pas: elle l'aime, elle a lu et relu l'Évangile et elle trouve qu'il a raison pour tout. En outre, à propos de Dieu le Père, elle pense qu'Il a créé un monde parfait, merveilleux, mais qu'ensuite Il est parti. Ou plutôt, qu'Il est peut-être présent partout. « Mais c'est du Leibniz ! Ce n'est pas dans la pensée chrétienne ! » la pressaient-ils. « Tu es une hérétique ! » « Sais-tu combien ont fini sur le bûcher pour des idées pareilles ? » « Panthéiste, animiste, voilà ce que tu es, pas chrétienne ! » Ma tante et grand-père ne sont jamais d'accord sur rien, sauf quand ils doivent s'allier contre quelqu'un et l'écraser sans pitié sous leurs raisonnements. Madame était au bord des larmes et on voyait qu'elle souffrait de ne pas réussir à défendre sa religion. Le blessé était outré et il a dit à grand-père que son comportement avec Madame était inqualifiable. Grand-père lui a répondu de s'estimer heureux d'être blessé et d'avoir une jambe et un bras plâtrés parce que sinon il lui aurait appris, là-dehors dans la cour, à s'occuper de ses fesses. Après, il n'a plus voulu rencontrer le blessé et il dit que chaque fois qu'il y a un connard dans les parages, il est du goût de Madame, laquelle ensuite se demande pourquoi toutes ses amours capotent. Amours. Elle appelle ça des amours. *Sa tzia.*

Quoi qu'il en soit, le lendemain, Madame est allée chez les voisins rapporter ces propos à la maman et elle a retrouvé sa sérénité en entendant des choses très simples sur Dieu, en particulier sur son pardon quand nous nous trompons en toute bonne foi. Mais la maman des voisins lui a expliqué qu'en réalité il est difficile de comprendre ce qui semble le plus simple, et qu'il faut y croire, un point c'est tout.

La Fortune

Je voudrais que papa me dise ce qui est juste et ce qui ne l'est pas, mais d'après moi, il ne le sait pas plus maintenant qu'il est là-haut. La Fortune le fascinait. Il disait que c'est bien une roue et que, tôt ou tard, elle tourne. Il suffit de résister. Au fond, l'argent lui était complètement égal, à tel point que si quelqu'un s'était mis dans le pétrin en perdant au jeu contre lui et qu'ils se croisaient dans la rue, c'était papa qui changeait de direction pour ne pas embarrasser son débiteur, et pas le contraire. Cette obsession de la Fortune revenait pour tout dans sa vie. Il disait que les gens qui se suicident ont tort de ne pas attendre parce que la roue tournera de nouveau en leur faveur, c'est obligé. À propos de ma tante qui, à cette époque, cherchait déjà du travail sans en trouver, il était sûr que Leibniz lui porterait chance, tôt ou tard, et que pour elle aussi, il suffisait d'attendre que la roue tourne. Pour éponger les dettes de jeu de papa, dont les créditeurs n'avaient pas la délicatesse de changer de trottoir, grand-père a vendu ses appartements et ses terrains. Puis un matin, alors que le petit déjeuner était servi, gâteau, lait et café, papa n'est pas venu à table pour la bonne raison qu'il était parti.

Alors j'ai compris que cette angoisse m'habitait depuis que j'étais toute petite, parce que je pressentais un malheur. Dès qu'un membre de la famille tardait à rentrer, je l'attendais accroupie derrière la porte, je ne dormais pas, ne mangeais pas tant que nous n'étions pas tous réunis. Alors là oui, c'était bien, au moins pendant quelques heures. Je partais jouer et faire mes devoirs dans mon coin, bien tranquille. Le monde ne s'était pas écroulé et on pouvait savourer le plaisir de vivre. Tant que nous serions tous ensemble, il ne s'écroulerait pas. Parce que je ne supportais pas les séparations, je m'accrochais en pleurant aux jupes de maman et de ma tante, ou au pantalon de grand-père ou de papa s'ils devaient s'absenter longtemps, non par peur de rester seule, mais de terreur qu'il leur arrive quelque chose. Ils ne comprenaient pas et me grondaient: «Quand on est là, tu t'enfermes dans ta chambre et si on t'appelle, tu ne réponds pas, et puis tu nous fais toute une comédie dès qu'on met le pied hors de la maison.»

Papa, lui, me rassurait et me conseillait des petits rites magiques pour qu'il n'arrive rien à personne. Quand mon cœur battait très fort, à en avoir mal, je devais me concentrer sur l'amour que je portais à mes proches et imaginer tout ce qui pouvait leur arriver de bien, ça les préserverait de tous les dangers. La force de mon imagination pousserait la roue de la Fortune dans le bon sens.

À cause de cette hantise du danger, grand-père m'appelle monsieur Bertolaso, du nom du responsable de la protection civile. Il se moque de moi parce que petite, avant de m'endormir, je demandais comment nous enfuir de la maison en cas d'incendie et si elle était assez solide pour résister à un tremblement de terre ou à une fuite de gaz. Grand-père comme papa me rassuraient en m'expliquant qu'on n'a pas de tremblement de terre en Sardaigne parce que notre île date de l'ère primaire et quant aux fuites de gaz, on veillait tous à bien fermer la bouteille.

D'après grand-père, une fois que monsieur Bertolaso a tout planifié, il dort sur ses deux oreilles, tandis que moi je suis toujours inquiète. Une fois, papa était déjà parti, il m'a dit: « Pourquoi n'écrirais-tu pas ton journal? Jette tes peurs sur le papier, tu verras qu'elles disparaîtront. Et pourquoi tu n'essaierais pas d'inventer une histoire? Un philosophe a dit que les plus belles aventures arrivent à ceux qui savent d'abord se les raconter. »

Depuis ce moment-là, je tiens mon journal, et je ne raconte jamais les choses comme elles sont vraiment, mais comme j'espère qu'elles se passent. Ça m'a tranquillisée et ça m'a aussi guérie de ma constipation, parce que petite, je gardais toujours mes peurs pour moi et elles devenaient ce caca accumulé et coincé. Depuis que j'écris, en particulier mes cauchemars, je vais aux toilettes régulièrement.

D'après ma tante, qui cite Walter Benjamin, le grand essayiste et critique, quand j'écris, je fais quelque chose de très important. Je m'explique. Autrefois, quand il n'y avait que la nature, sans les hommes, le monde était en parfaite harmonie avec Dieu, chaque créature était naturellement consciente de sa propre signification et remplissait son rôle, par exemple les arbres donnaient des fruits, et ainsi de suite. Quand l'homme est apparu, il a nommé les choses et les a privées de cette signification. Si nous appelons un arbre « arbre », aussitôt nous ne pensons qu'à ses fruits, et c'est réducteur. Les écrivains comme moi, dit ma tante, sauvent les créatures de ces limitations. Le poète cherche les mots pour redonner à l'arbre cette signification perdue.

J'ai mieux compris la pensée du grand Walter Benjamin après être sortie avec un garçon de mon collège.

Il me plaisait beaucoup et je lui étais reconnaissante parce que j'avais le physique d'une fille pas encore réglée et que malgré ça, il m'avait remarquée. À la sortie du collège, je restais avec lui et je prenais le car plus tard, mais après les baisers et tout le reste, qui étaient super, je m'ennuyais un peu et j'espérais toujours qu'il me quitte avant l'arrivée de mon car, qu'il ait des trucs à faire, de façon à pouvoir rester assise à mon arrêt, toute seule avec mes pensées. Je me sentais très coupable de ça et je souffrais beaucoup. Puis j'ai repensé au philosophe Walter Benjamin et j'ai compris qu'avec ce garçon, ça ne pouvait pas continuer parce que pour lui un arbre n'était qu'un arbre tandis que moi, je pensais sans cesse à tous les mots nécessaires pour lui redonner sa signification perdue. Et je ne pourrai jamais oublier le regard triste et perdu de ce garçon pendant que je lui expliquais de mon mieux pourquoi je ne voulais plus qu'on soit ensemble et que sa tristesse était aussi la mienne. Sauf que nous n'y pouvions rien. Pour me consoler, j'ai pensé qu'il se trouvait peut-être, quelque part sur terre, un garçon pour chercher les mots qui redonnent sa signification à l'arbre, comme moi. Mais pour nous rencontrer il fallait la magie, ou la Fortune, ou le Dieu des voisins, ou les ailes de papa.

L'amour

Aucun de nous n'a jamais vu l'amant de Madame parce qu'il ne vient pas ici, c'est elle qui va le voir en ville quand il l'invite. Madame ignore quand arrivera cette invitation et elle guette la sonnerie de son portable. Elle lui apporte des fruits et des légumes, en espérant que l'amant cuisine ces bonnes choses pour elle et qu'ils les savourent ensemble, mais il ne lui en propose jamais aucune. Et ne lui offre jamais de cadeau. Madame dit qu'il n'y pense pas. Qu'il est ainsi. Parfois quand Madame apporte trop de provisions, il organise des dîners avec les gens de sa famille ou ses amis, mais elle n'est jamais invitée. Il a peut-être honte de la présenter et Madame pense qu'au fond il a raison, ignorante, insignifiante et vieille comme elle est.

L'ex-femme de l'amant, elle, dit que le problème vient des hommes sardes. Ils ne savent pas faire la cour, être galants. Même les journaux en ont parlé : la Sardaigne, Cagliari en particulier, a la plus forte densité de femmes seules d'Italie et d'Europe, et peut-être du monde. L'ex-femme de l'amant dit qu'en revanche, le blessé sait comment s'y prendre avec une femme, et en effet, il est du Continent. Elle dit que c'est une grande chance pour Madame de l'avoir comme client. Dommage qu'il y ait Gioia la Joie. Mais Gioia la Joie est loin, et allez savoir combien de temps le blessé restera blessé.

Le blessé raconte que dans le Nord, même les femmes de soixante-dix ans ont un amoureux, et qu'il n'a jamais vu autant de femmes seules qu'ici. Madame a répété à la grand-mère des voisins que les veuves dans le Nord ont toutes un amoureux, et la grand-mère des voisins a répondu qu'elles doivent être dérangées, ou alors le blessé ne connaît que des vieilles folles, ou des *egue*[1].

Pour que son amant l'aime, Madame exécute des rites magiques.

Un jour, la grand-mère des voisins est allée à un mariage et elle a reçu sur la tête le bouquet lancé par la mariée. Elle a rapporté ce bouquet et l'a offert à Madame. Alors Madame, qui a une idée de rite magique mais qui ne possède aucun objet venant de celui dont elle espère qu'il sera l'homme de sa vie, récupère des petits riens chaque fois qu'elle va chez lui, y compris en fouillant dans la poubelle, un ticket de supermarché, un bouchon de tube de dentifrice

1. « Juments » ; au sens figuré : « putains ».

abandonné sur le lavabo, un mouchoir en papier tombé par terre et autres bricoles de ce genre. Puis elle noue chacune de ces bricoles à une fleur du bouquet à l'aide d'une petite ficelle, en même temps qu'un pétale des roses de sainte Rita, la sainte des causes impossibles, offertes par la maman des voisins, et elle cache le tout dans son tiroir à lingerie, le troisième de la commode bien sûr, le plaisir, à proximité du quatorzième carreau du sol, le lien, sous la huitième culotte, la perfection.

Mais les rites magiques ne peuvent pas toujours être aussi élaborés ni à aussi longue échéance. Souvent Madame accomplit de petits rites, qui concernent cette fois l'amant second. S'il est venu dîner chez Madame et qu'il a apporté du vin, ou du mousseux, voire du champagne, elle garde le bouchon qui devra juste leur garantir une autre belle soirée, une autre nuit de jeux sexuels où l'amant second versera le mousseux sur elle et la tétera, ivre d'elle, en l'appelant: « Ma putain. Rien qu'à moi. » Et ce sont justement ces petits rites, comme celui du bouchon et de la bouteille, qui marchent.

L'amant second, dans les périodes où il n'a pas de jeune fiancée, est très assidu auprès de Madame. Il a acheté un petit appartement sur plan dans la banlieue de Cagliari, il vient souvent avec ses grandes feuilles à dessin, montre à Madame les places de parking, l'emplacement de l'ascenseur et lui explique l'ouverture automatique du portail. L'amant second vient souvent avec ses plans et Madame, qui toutefois n'en manifeste rien, éprouve beaucoup de peine pour lui, comme pour tous ces pauvres gens condamnés à vivre le nez dans les voitures, noyés sous le béton, parce que ce n'est pas une vie. Alors, après avoir joué les enthousiastes devant les plans de l'appartement de l'amant second, elle lui dit: « Ton futur appartement est vraiment superbe. Et ne t'inquiète pas car dans tous les cas, même si tu te maries et que tu n'aies plus le même temps à me consacrer, tu vois ce que je veux dire, tu pourras venir ici, respirer le bon air et nager tout ton saoul. Je te garderai toujours une chambre. »

Maintenant qu'il y a le blessé, les pensées de Madame négligent l'amant premier comme l'amant second. Elle ne recourt plus à tous ses rites magiques pour qu'ils l'appellent: « Si j'arrive au promontoire sans m'arrêter, il téléphonera, et si je me baigne dans l'eau glacée, et si ce soir le vent tourne, et si je parcours à cloche-pied tout le sentier jusqu'à la mer. »

Même s'ils ne savent rien du blessé, les amants semblent avoir flairé quelque chose parce qu'ils ne l'appellent plus. Mais chaque fois qu'elle y pense, elle sent un vide à la place de son cœur. Parce que sa vision du bonheur n'est pas sur le Continent où le blessé l'emmènera sûrement, mais ici.

Madame ne garde rien pour elle, pas même son temps. Elle est toujours disponible. Je ne la comprends pas. Si les autres me prenaient tout mon temps, je les détesterais ou je deviendrais folle. Quand je réfléchis à mes affaires et qu'on m'appelle, je ne réponds pas.

Parfois le manque d'amour réveille Madame en pleine nuit, elle se rappelle qu'elle est seule et elle a l'impression d'étouffer, elle va boire un verre d'eau, mais l'amour qui n'est pas là lui coupe le souffle.

Elle redoute le moment où elle sera vieille, et pourtant, il doit bien exister une façon d'avoir de l'amour même quand on est vieille. Un rite magique. Mais maintenant que le blessé est là, elle se sent bien. Le blessé dort avec elle et tous les soirs lui lit à voix haute un chapitre de roman, elle adore ça. Mais pour vraiment apprécier un livre, elle le reprend et le lit toute seule à un autre moment.

Madame vaque à son ménage dans un tee-shirt trop court, qui a rétréci aux multiples lavages, et un short dont les jambes effrangées bâillent aussi largement qu'une jupe. Avec les autres clients, elle porte toujours une tenue correcte, veillant à ne pas se montrer habillée ainsi, mais avec le blessé, on dirait qu'elle s'applique dans l'autre sens. S'il est dans la galerie, occupé à lire, il faut qu'elle se hisse pour prendre quelque chose en hauteur, ça fait remonter son tee-shirt qui dénude ses seins scandaleux, sans soutien-gorge. Ou bien, elle se penche pour travailler au jardin et on voit parfaitement son cul et sa chatte que le short effrangé laisse à l'air.

Une fois, ils croyaient que je n'étais pas là, mais je suis entrée avec mes clés et, par la fenêtre, j'ai vu Madame allongée sur les tomettes de la galerie. Elle avait relevé son tee-shirt, écarté l'entrejambe de son short effrangé et se touchait tandis que le blessé la photographiait.

Une autre fois, je me suis postée derrière la fenêtre et je les ai vus à table. À un moment, d'après moi, le blessé a demandé à Madame de se déshabiller parce qu'elle faisait non de la tête en riant. Elle a déboutonné son chemisier et dégrafé son soutien-gorge qui s'attachait devant, et elle continuait à faire non de la tête, mais elle tendait ses seins comme on présente des fruits sur un plateau. Le blessé parlait toujours et Madame, qui continuait à secouer la tête en riant, s'est levée et elle est venue s'asseoir sur la table, bien en face de lui. Le blessé a repoussé son assiette et elle s'est allongée, elle a enlevé sa culotte, elle a écarté les jambes. Lui prenait des courgettes crues sur un plateau, les enfonçait à cet endroit-là et, après le petit jeu des courgettes, il a glissé sa tête entre ses cuisses et semblait insatiable.

Mais parfois, je les trouve qui bavardent ou le blessé lui lit un livre et alors je peux me montrer et le blessé me demande comment ça se passe au collège et comment va ma famille.

Madame, qui naturellement ne sait pas que j'ai vu, m'a confié que le blessé lui a dit qu'il n'avait jamais eu d'émotions aussi fortes de sa vie, qu'il ne s'était jamais trouvé dans un endroit aussi beau et qu'il n'avait jamais été aussi heureux. Il dit aussi que le comportement des amants premier et second lui semble invraisemblable parce qu'une femme comme Madame est une aubaine qu'on ne laisse pas passer.

L'armée des voisins

Quand la grand-mère arrive, tout dans la maison des voisins doit être parfaitement en ordre. La petite chambre sous le toit, récurée et fleurant bon les détergents, bien sûr, pas le maquis méditerranéen. Déjeuner et dîner à heures fixes. En rang pour se laver les mains. L'action de grâces. On ne mange pas tant que la grand-mère n'a pas commencé, on ne parle pas si la grand-mère n'a pas commencé. Mais en réalité, le problème de l'ordre n'existe pas. La famille des voisins est organisée comme une armée où le général d'armée est la grand-mère, propriétaire de la maison et du terrain, le général de corps d'armée est le papa, et le général de division, la maman. Parmi les enfants, le plus haut grade revient au joueur de jazz, mais il n'est pas là, ou s'il est là, il ne fait pas son devoir, il manque donc un général de brigade. Le régiment est constitué par les quatre filles et l'aînée remplit les fonctions de lieutenant colonel. Puis il y a un major de bataillon, un capitaine de compagnie, un lieutenant de peloton et enfin Pietrino qui est caporal sans escouade parce qu'il est le dernier et qu'il n'a personne sous ses ordres. La petite armée des voisins n'a pas besoin d'instructions. Chacun connaît par cœur ses tâches de la journée. Les seules instructions concernent ce qu'on doit ou ne doit pas dire à la grand-mère à propos de son petit-fils à Paris. On demande pardon à Dieu pour les mensonges : leur garçon est à l'université, à la Sorbonne, en génie du bâtiment, et peu importe si la Sorbonne ne propose que des filières littéraires, la grand-mère l'ignore et la Sorbonne est du plus bel effet. Génie du bâtiment, comme son père et son défunt grand-père. Il loge chez les curés et paie sa chambre avec les petits concerts qu'il réussit à donner contre un peu d'argent. Et quand on parle de musique, on veille à minimiser, pour ne pas effrayer la grand-mère qui demande, déjà alarmée :

« Il ne perd pas trop de temps, au moins, avec cette manie de jouer de la trompette ?

– Pas le moins du monde, la musique n'enlève rien aux études et il réussit tous ses examens. »

Alors, la grand-mère se décrispe et énumère à l'envi les études brillantes que mènent les petits-enfants de ses amies. Le sien aussi, de petit-fils, décrochera bientôt son diplôme d'ingénieur, comme son mari bien-aimé et son fils adoré. Dans l'entreprise, on l'attend. Le papa croule sous le travail et il voudrait se consacrer, au moins sur ses vieux jours, à ce qui est son rêve : la construction écologique.

Si l'entreprise, le gagne-pain, est à l'abri entre les mains de l'aîné, après neuf enfants et trente ans de sacrifices, on peut s'accorder un caprice. Mais attention, quand son petit-fils aura rejoint l'entreprise, il devra bien s'habiller, penser à tout et ne pas être aussi distrait et négligé. Pour le moment, absorbé dans ses études universitaires, il a des excuses, mais il ne faudra pas que cela dure.

Les voisins essaient de détourner l'attention de la grand-mère vers leurs autres enfants, ils lui montrent les cahiers et les bulletins scolaires du lieutenant colonel et de la brigade féminine, les médailles des tournois sportifs du major, du capitaine et du lieutenant de peloton, mais elle élude la conversation et en revient toujours là, au musicien de Paris, qu'elle croit inscrit en génie du bâtiment et prenant bientôt les rênes de l'entreprise familiale.

Le général de corps d'armée, papa des voisins, ne commande rien, coincé comme il est entre le pouvoir de sa mère, le général d'armée, et celui de sa femme, le général de division. Ils ne parlent jamais de lui, sinon pour répéter combien il travaille et combien il aime sa famille. Si on invite les voisins, ce n'est pas à lui qu'il faut s'adresser et, de même, quand eux nous reçoivent, il arrive et trouve la table mise sans qu'on l'en ait informé. Mais il est ravi comme ça et il s'accommode de tout ce que décident sa mère et sa femme. Grand-père ne supporte pas ça et s'obstine à le solliciter, mais celui-ci ne donnera de réponse qu'après avoir consulté les généraux plus importants. Pour compléter le tableau, il ne dit jamais rien et il tombe toujours de sommeil parce qu'il travaille trop et, pendant que tout le monde s'amuse, lui pique du nez, puis s'excuse et va se coucher. Autrefois, il était peut-être différent. Nous savons qu'il jouait du clavier dans un groupe et qu'il répétait des heures durant enfermé dans sa chambre, en mettant la sourdine, au lieu de travailler ses cours, mais quand ses parents s'en sont aperçus, ils lui ont imposé leur volonté, ont redressé la barre, le clavier est devenu un passe-temps et tout est allé pour le mieux. C'est-à-dire qu'il s'est consacré à ses études et qu'il a trouvé une fille bien, sa femme actuelle, intégriste catholique, membre d'un groupe religieux où on ne pouvait pas garder de secrets : à la fin de chaque journée, on devait s'avancer au milieu de la salle et raconter comment on se sentait, les problèmes de chacun devenaient les problèmes de tout le monde et tout le monde devait s'employer à les résoudre. Puis les enfants sont arrivés, huit, et les voisins n'étaient pas assez riches pour vivre en ville, ni même au village. Alors, ils sont venus ici, quand la maman attendait Pietrino. Le papa des voisins était heureux parce qu'à côté du clavier, il aimait la mer et la construction écologique et qu'il croyait pouvoir construire une maison à sa façon et chevaucher les vagues. Mais le général d'armée et le général de division trouvaient que les maisons écologiques étaient vilaines, et la mer, trop dangereuse avec tous ces enfants, sauf à s'y rendre avec l'armée au grand complet. Les plus gradés prennent position et jouent les bouées de sauvetage, comme ça les petits nagent en sécurité comme dans une piscine. Sauf Pietrino, mais personne ne s'occupe de lui.

De leur amour de jeunesse, la maman des voisins a gardé l'habitude de minauder avec son mari. Quand elle s'adresse à lui, le général de division parle comme une toute petite fille: «Vilain méçant mari qui veut zamais aller au cinéma!» Nous comprenons quand grand-père a rencontré les voisins et enduré les minauderies de l'épouse parce qu'il rentre sans dire un mot et file s'asseoir dans son fauteuil: les pieds réunis sur le tabouret, il mime ses manières. Mes petites sœurs et moi, on est mortes de rire et on l'oblige à répéter son imitation au premier étage pour maman et ma tante, et elles aussi sont pliées en deux. Je regrette que grand-mère Elena soit morte avant de pouvoir profiter du spectacle. Encore que ça ne l'aurait peut-être pas amusée. Même sûrement pas. Elle aurait dit que c'est une piètre revanche de se moquer du bonheur des familles normales, et elle se serait enfermée dans sa chambre pour pleurer.

En ce moment, ma famille est plutôt en froid avec les voisins parce que, la fois où quelqu'un a dit que les deux seuls jeunes en âge d'aimer ici étaient leur fils aîné et moi, puisque après lui viennent quatre filles, les voisins ont répondu que je suis la dernière bru dont ils voudraient. Pas pour moi. Mais pour mon père.

Ma grand-mère là-haut doit pleurer pour moi et ma fierté qu'on bafoue.

Quand elle était en vie et que j'invitais une camarade d'école qui parfois restait dormir vu qu'on est loin de tout, elle préparait la petite chambre d'amis, dressait la table et servait le repas avec faste et élégance comme quand on était riches, et s'il arrivait que la copine décide de ne pas venir, grand-mère ne pensait pas, comme grand-père, que c'était une petite mal élevée de ne pas nous avoir avertis, mais qu'elle n'était pas venue par insolence, parce que désormais, après la fuite de papa, personne ne s'abaissait plus à répondre à nos invitations.

En revanche, si grand-père se décidait à courtiser la grand-mère des voisins, ils passeraient par-dessus l'histoire de papa. Là, oui. Quel couple parfait, veufs tous les deux, avec des enfants mais seuls au fond, même génération, même conception de l'existence.

Grand-père dit qu'il ne voudrait pas de cette femme, même si c'était la dernière restée sur terre et qu'il s'agissait de la prendre non pas sous son toit ou dans son lit, mais comme voisine de caveau. Mais la grand-mère des voisins est un être humain important parce qu'avec son cerveau plus petit qu'un petit pois, elle est la preuve ontologique de l'existence de Dieu. Comment pourrait-elle en effet, alors qu'elle manque autant de cervelle, marcher, parler, exprimer des pensées et éprouver des sentiments si l'âme n'existe pas? Donc l'âme existe. Donc Dieu existe.

Battement d'ailes

C'est peut-être parce que papa est parti que, malgré mes quatorze ans, je n'ai toujours pas mes règles.

Quand j'étais dans le ventre de maman, papa a perdu au jeu son premier appartement, maman le liquide amniotique et moi, je suis restée à sec.

Une nuit, Madame a rêvé que mes dents se déchaussaient et que mes cheveux tombaient, mais que je restais toujours aussi mignonne. Elle en a quand même eu le cœur serré et elle m'a emmenée de force chez un médecin qu'on dit excellent, le docteur Giovanni, dont on n'arrive pas à retenir le nom de famille et qu'on appelle ainsi, le docteur Giovanni.

Le docteur a écouté attentivement le mauvais rêve de Madame, puis il a demandé si ma pyorrhée alvéolaire avait été réelle et si je perdais mes cheveux. Non. Nous étions venues chez lui à titre préventif. Ma maladie réelle était mes règles qui s'étaient envolées avec papa. Il m'a auscultée et il a dit que, pour le moment, il n'y a pas lieu de s'inquiéter, mis à part les règles qui viendront dès que je serai plus sereine. Il m'a prescrit des analyses et fixé un nouveau rendez-vous. Au bout de deux semaines, quand il m'a revue avec Madame, il a posé quelques questions discrètes sur ma famille. Alors nous lui avons parlé de maman qui est presque toujours au lit, si fatiguée que parfois elle n'arrive même plus à tenir son livre entre ses mains pour lire, et de tous les autres.

Madame en a profité pour lui raconter sa peur de la ménopause et elle lui a demandé s'il est vrai que les femmes ménopausées n'ont plus de taille ni de désir.

Le docteur notait tout, en changeant de feuille à chaque personne, et à propos de Madame, il a voulu qu'elle lui explique mieux cette histoire de taille et quand il a compris, il a éclaté de rire et il a dit qu'une femme ménopausée ne doit pas se goinfrer, c'est tout, et qu'ainsi elle garde sa taille marquée au-dessus des hanches. Pour ce qui concerne les désirs en revanche, ils sont du domaine psychologique. Le docteur Giovanni, qui semble avoir le même âge que Madame, a dû prendre notre cause en sympathie car il n'a fait payer qu'une consultation alors que nous lui avons exposé les maladies de tous ceux que nous aimons et il nous a proposé de les recevoir dans son cabinet, surtout maman, chez qui le docteur soupçonne une maladie pour le moment assez obscure, de caractère neurologique, le « syndrome d'épuisement », et pas du tout une lésion de la colonne vertébrale, comme le pensent ses médecins traitants. Madame, après, a dit qu'à son avis, ce docteur nous portera chance, à ma famille et à moi, parce que toute la chance que nous n'avons pas eue devra bien nous tomber dessus d'une façon ou d'une autre. Un déluge. Elle a dit aussi que le docteur Giovanni serait plutôt bel homme si sa frange n'était pas aussi mal coupée, qu'il a quelque chose de spécial : elle a beaucoup aimé sa façon de fouiller dans son placard à médicaments, il lui a rappelé le fils aîné des voisins quand il cherche ses partitions, un peu comme un écureuil qui creuse son trou et projette la terre loin derrière. J'ai dit à Madame qu'à mon avis, elle est tombée amoureuse du docteur et elle a répondu que non, que ce n'est pas bien qu'elle tombe amoureuse du docteur, parce qu'il faudrait un miracle, et pas ses pauvres petits rites, pour qu'un homme beau, savant, intelligent, doux, sympathique, spécial tel que lui, daigne accorder un seul regard à une vieille fille ménopausée, ignorante et insignifiante. Et puis, qui nous dit qu'il n'est pas déjà marié ? Qu'il n'a pas une compagne ? Qu'il ne préfère pas les hommes ? Bref, devant ces considérations et ces craintes, j'ai compris qu'elle était amoureuse.

Maintenant, au moindre bobo, Madame nous conseille aussitôt de consulter tout de suite le docteur Giovanni et elle propose d'accompagner le malade; la grand-mère des voisins prétend que désormais « on ne va plus chier ni pisser sans l'autorisation du docteur Giovanni ».

Grand-père m'a demandé si ce docteur porte une alliance et si, dans son cabinet, on voit des photos de femmes ou d'une famille, et j'ai certifié que non. Avions de tourisme et paysages exotiques, rien d'autre.

Gioia la Joie

Le blessé parle toujours à Madame de Gioia la Joie qui, avant de venir en vacances en Sardaigne, avait commencé à s'installer chez lui mais était mécontente, et avec raison, qu'il ait si peu de meubles; vivant seul depuis trop longtemps, il négligeait ce genre de détails. Alors Gioia la Joie a non seulement acheté ce qui manquait, mais remplacé aussi ce qu'elle trouvait vilain. Maintenant, ils ont un grand congélateur où stocker les plats que Gioia la Joie mitonne le dimanche pour toute la semaine, un grand four micro-ondes pour les réchauffer rapidement, une chambre à coucher neuve avec un grand placard sur tout le mur jusqu'au plafond pour ranger leurs vêtements neufs à tous les deux, parce que Gioia la Joie a voulu renouveler leur garde-robe respective et, c'est vrai, il est fier de leur allure, ensemble, avec ces vêtements. Quoi qu'il en soit, allure ou pas, ils se sont bien amusés à acheter et acheter encore, et, même si

Madame n'est pas du tout de cet avis, acheter, c'est créatif.

Moi, Gioia la Joie, je ne peux pas la sentir, depuis son séjour ici quand elle avait accompagné le blessé. Je n'aimais rien chez elle, ni ses mixtures diététiques alors que Madame cuisinait à merveille, ni sa façon d'entrer dans l'eau en sautillant, et jamais plus haut que la taille, et jamais quand il y avait des vagues parce qu'elle sortait de chez le coiffeur et que ça aurait tout dérangé, ni ses expéditions à Villasimius d'où elle rapportait des sacs, des colliers, des lunettes de soleil, des maillots de bain, des sandales, des poteries, d'accord les touristes nous sont utiles, à nous les Sardes, quand ils achètent, je sais bien, n'empêche que Gioia la Joie, je ne pouvais pas la sentir. Moi, j'aurais commencé par lui jeter un seau d'eau salée à la tête, histoire de massacrer une bonne fois sa coiffure et les trois accroche-cœurs qui l'empêchaient de se baigner. Ou bien j'aurais introduit une abeille dans la robe ajustée avec laquelle elle se pavane. Ou bien je la lui aurais déchirée, sa robe, et j'aurais jeté ses chaussures à la poubelle comme grand-père avec mes petites sœurs quand elles font des caprices pour s'habiller. Ou bien j'aurais utilisé la magie noire pour qu'elle attrape un coup de soleil, elle qui ne s'exposait jamais, et la nuit, elle se serait tournée et retournée dans son lit sans réussir à s'endormir.

Madame est dans tous ses états quand je dis ça, parce que c'est à la magie blanche qu'il faut faire appel et que je risque de voir l'abeille s'introduire dans la mienne, de robe, et d'attraper moi le coup de soleil et de peler même si ma peau est habituée, et ce sera peut-être pile au moment où le fils des voisins doit arriver, le jazzman dont elle a compris, même si je ne le dis pas, qu'il me plaît bien.

Gioia la Joie lui fait pitié. Elle est à plaindre dans un monde à plaindre.

Elle fait aussi pitié à grand-père et il dit que l'industrie pharmaceutique prospère sur le dos de ces gens à plaindre comme Gioia la Joie, en les gardant sur leurs jambes à coups de Prozac parce que s'ils dépriment, ils restent au lit sans plus rien acheter et l'économie mondiale s'écroule.

Maman, elle, quand je lui parle de Gioia la Joie, dit que j'exagère sûrement et qu'au moins elle a un homme qui l'aime et qu'elle est heureuse tandis que Madame, avec ses cheveux frisés dans tous les sens et sa pauvreté héroïque, n'a personne qui veuille d'elle.

Le fantôme et ses amis

Quand les promoteurs des villages de vacances viennent voir Madame, ils laissent leurs belles voitures au bord de la nationale et Madame va les chercher à l'embranchement avec la route blanche dans sa Ferrarina toute cabossée qui ne risque plus rien. Madame répète toujours aux promoteurs qu'elle ne peut pas vendre parce qu'elle vit de cet endroit, de ce qu'elle y cultive et de sa maison d'hôtes. Alors les promoteurs essaient de lui faire comprendre que si elle vendait, elle n'aurait plus besoin de produire des fruits et des légumes pour vivre, ni de faire la boniche pour huit clients qui se courent après, lesquels, soit dit sans offenser personne et en parlant poliment, sont plus cons que la moyenne de se taper des kilomètres à pied en plein soleil, à travers les ronces, pour trouver la mer.

Juste après notre installation ici, ils ont demandé à grand-père de vendre, et puis aux voisins aussi. Nous avons tous pensé alors que la Fortune tournait à nouveau en notre faveur et que peut-être, au fond, papa avait raison, mais si Madame ne vendait pas, les promoteurs ne tireraient rien de nos terrains éparpillés et sans accès à la mer car sa propriété est en plein milieu et, surtout, elle borde la plage.

Puis, avec le temps et l'amitié de Madame, grand-père a changé d'idée et, d'après maman, ce n'est pas seulement papa qui a tué grand-mère, mais Madame aussi, en nous empêchant de redevenir riches et en bloquant de ses mains la roue de la Fortune. L'espoir reste cependant. Les promoteurs reviennent. Madame est gentille et remplit leurs voitures de bonnes choses. Mais pas question de vendre. Pour leur part, les voisins pensent que Dieu nourrit un de ses desseins insondables pour ce coin de terre et utilise, pour le réaliser, une pauvre femme comme Madame, sans mari, sans diplôme et, disons-le, sans cervelle. Grand-père déteste les promoteurs et quand ils arrivent, il se met au portail et les dévisage sans rien dire d'un air menaçant comme s'ils étaient des voleurs et pas des bienfaiteurs qui veulent nous enrichir.

Moi aussi, je les déteste. Depuis que je les ai vus battre Madame. Une fois, il était tard, j'avais oublié un livre chez elle et j'en avais besoin pour réviser. J'ai obtenu que maman et grand-père me laissent y aller avec une torche électrique et mon portable allumé, comme ça ils pouvaient s'assurer à chaque instant que tout allait bien. La maison était plongée dans une obscurité presque totale et on aurait dit qu'il n'y avait personne. Alors j'ai pensé que Madame était chez l'amant premier ou chez l'amant second, je suis entrée par la porte cochère et j'allais ouvrir avec mes clés quand j'ai aperçu une petite lueur, comme une bougie. J'entendais pleurer à l'intérieur et je me suis accroupie au pied d'une fenêtre qui donne sur la galerie. C'était elle qui les priait de la battre, qui voulait être punie, et on aurait dit que ses tortionnaires la connaissaient depuis longtemps et savaient tout un tas de choses que nous ignorions. Elle avait les mains liées et elle était nue, étendue sur la longue table basse où on fait le pain ; le four à bois était allumé. Ses tortionnaires étaient nus aussi, mais jusqu'à la ceinture et ils la touchaient comme s'ils respectaient un tour de rôle, puis ils la frappaient partout tandis qu'elle pleurait et leur disait de continuer parce qu'elle n'était pas allée à l'école, parce que personne ne l'avait jamais aimée, parents, frères et sœurs, amants. Les tortionnaires semblaient habitués à ce cérémonial et l'un d'eux allait ouvrir le four, prenait de la braise avec un gant et la posait légèrement sur la peau de Madame qui poussait alors un cri, puis se remettait à pleurer et à égrener la même litanie que je connaissais moi aussi et qu'elle débitait à grand-père. J'ai pensé à un de ces tableaux sombres de la période baroque qu'on étudie en ce moment en histoire de l'art, où on brûle une femme très belle, accusée de sorcellerie. Ou bien à une scène d'un film d'épouvante. Les tortionnaires ont aidé Madame à se relever et ils l'ont attachée à une poutre, ils ont défait leurs ceintures et l'ont fouettée pendant qu'elle répétait qu'ils avaient raison, qu'elle le méritait. À la fin, ils l'ont détachée et se sont rhabillés.

Madame, qui avait du mal à se déplacer, a rempli leurs paniers de provisions, les a chargés dans la Ferrarina et je crois qu'elle les a raccompagnés jusqu'à la nationale où, comme toujours, les promoteurs laissent leurs voitures.

Mais une autre fois, j'y suis allée exprès. Sous un prétexte. Maintenant j'ai compris que Madame convoque les fantômes tortionnaires pour la battre quand ses amants ne l'appellent pas. Je me suis cachée derrière la fenêtre, le cœur palpitant. Les promoteurs étaient attablés et les lumières de la grande cuisine étaient faibles comme dans la scène précédente. Madame n'était pas là, les promoteurs mangeaient et parlaient entre eux, mais ils ne semblaient pas vrais. De temps en temps, ils lançaient des restes à un chien qu'ils avaient dû amener avec eux. Je n'arrivais pas à voir le chien, il était sous la table, mais j'étais sûre que c'était un animal à leur façon de le traiter. Après, j'ai compris que ce chien à qui ils jetaient les restes était Madame parce qu'ils lui disaient «Chienne», «La folle» et «Au pied, l'hôtesse, l'héritière».

C'est peut-être vrai qu'elle faisait la putain quand elle travaillait dans les hôtels. Ou ce que dit sa famille, que, la pauvre, elle n'a pas toute sa tête et qu'à l'école, si c'était maintenant, elle aurait droit à un soutien scolaire. Mais moi, je pense que c'est grand-père qui a raison. Madame représente la catastrophe et l'après-catastrophe, parce que le monde tel qu'il est va se casser la gueule et après seulement, nous comprendrons qu'il était temps de tout changer.

Maintenant, avec le blessé chez elle, je suis tranquille, les promoteurs n'oseront sûrement pas approcher.

Même si je sais maintenant qu'ils n'existent pas pour de bon. Le fantôme et ses amis viennent battre Madame quand elle les appelle parce qu'elle est triste et qu'elle se sent inadaptée à la vie. Sinon, comment expliquer la lumière falote et les visages estompés? Et pourquoi aurais-je été la seule à les voir, et pas les voisins, ni ma famille, ni le jazzman qui, pendant de nombreuses années, allait chez Madame par mauvais temps jouer de la trompette?

Sa folie de ne pas vendre a valu la célébrité à Madame et, l'été, quand les touristes en croisière débarquent sur la plage, les guides expliquent au mégaphone qu'ici vit une agricultrice, propriétaire d'une maison d'hôtes, qui s'obstine à cultiver cette terre aride et rude, refusant de vendre et de s'enrichir.

Alors tous les touristes veulent louer une chambre dans ce paradis, mais les guides, toujours au mégaphone, expliquent qu'il n'y a que quatre chambres et pas de télévision, que l'eau est rationnée, qu'il y a une éolienne et des dynamos ou, quand le vent ne souffle pas, des groupes électrogènes, et qu'on ne peut rien gaspiller. La maison est très loin de la mer et les clients qui veulent aller au bord de l'eau doivent marcher sur des chemins en plein soleil jusqu'à un sentier abrupt parce que la dame agricultrice propriétaire de la maison d'hôtes ne veut pas entendre parler de route.

Les touristes disent que Madame n'est pas si bête et qu'au fond elle a une plage privée comme les milliardaires de la Costa Smeralda, alors le guide explique que ce n'est pas le cas parce que les plages de la Costa Smeralda ne sont pas accessibles par la terre tandis que cette femme laisse tout le monde passer à pied, enfin les gens qui viennent ici, à savoir des randonneurs ou des originaux qui veulent jouer les ermites.

Alors les touristes se désintéressent de ce lieu, se contentent de s'égailler sur la plage, de sauter dans l'eau, de s'éclabousser et de pousser des cris de joie devant la transparence et le bleu de la mer et devant les roches jaune d'or, ils mitraillent et filment à tour de bras et, avant de repartir, ils ramassent en souvenir au moins un coquillage ou un galet de granit ou une branche de genévrier.

Les adieux du blessé

Avant de partir, le blessé a pris congé de Madame avec un petit discours. Il a compris pourquoi, malgré la beauté de Madame et son sex-appeal, les hommes ne tombent jamais amoureux d'elle. Elle est trop bonne et trop douce, mais d'une bonté tellement décalée qu'elle en devient pénible et le blessé ne pense pas, contrairement à grand-père, que cette bonté et cette douceur soient les conditions nécessaires pour que l'homme continue à exister dans l'avenir.

On pourrait faire les pires choses à Madame qu'elle répondrait par un sourire. Elle n'a pas compris que l'amour comporte aussi une volonté de domination, une certaine violence, des jeux de pouvoir. Sinon, c'est insipide. Gioia la Joie, par exemple, est une personne adorable, mais essayez d'arriver en retard à un rendez-vous, d'oublier son cadeau d'anniversaire, de ne pas lui souhaiter bonne nuit au téléphone avant de vous coucher, elle vous le fera payer. Vous avez failli et ça, elle ne vous le permet pas. Ainsi va le monde, chère, délicieuse Madame qui, en vendant sa propriété, pourrait vivre en millionnaire : voyages, gens nouveaux, hommes, vêtements chics et pas ces robes ridicules coupées dans de vieilles nappes et dans des besaces, une belle voiture au lieu de cette guimbarde. Et qui pourrait envoyer tout le monde se faire foutre, amant premier, amant second et lui aussi, le blessé, lui qui est venu prendre ici de la gentillesse, des parties de cul, du bon air, des aliments sains, sans rien donner. Rien.

Quand le blessé est parti, il a oublié de payer sa note. Peut-être parce qu'étant devenu le troisième des amants, il a pensé que l'hospitalité lui était due. Madame a bourré sa valise de fromage de chèvre, jambon, pain, alcool de myrte, liqueur de citron maison, gâteaux aux amandes. Elle s'est affairée plusieurs jours en pleurant.

Le blessé aussi était triste et il lui a dit qu'il voudrait l'aimer et qu'au fond il l'a aimée. Oui, pendant ces deux mois, il l'a vraiment aimée. Mais comme il tient à être sincère, il lui a dit aussi qu'il l'a aimée parce qu'il savait que ça finirait, qu'il partirait et retrouverait sa vie à lui et sa ville, hérissée de cheminées, c'est vrai, mais ancrée dans la réalité d'aujourd'hui et à une heure de train d'un tas d'autres villes.

Car ici, nous sommes à l'écart, dans un monde qui semble repousser le progrès en se drapant dans ses genévriers enchevêtrés et épineux, ses rochers et ses vagues puissantes, un monde que Madame s'obstine à sauver et qui est merveilleux, mais pour un mois ou deux.

Et, à cause de toute cette tristesse peut-être, de tous ces propos des derniers jours, a dit Madame, il a oublié de payer les mille euros environ de ses deux mois de séjour et, comme dit la grand-mère des voisins, d'« assistance complète ».

Depuis que le blessé est reparti dans le Nord, Madame s'imagine que, le brouillard aidant, et la fumée des cheminées, les gaz d'échappement, les klaxons, le ciel gris, il souffre de nostalgie, d'elle et de cet endroit. Alors que le blessé lui envoie des messages genre : « Repris le travail. Tout va bien. Espère de même pour toi. »

Les fêtes chez Madame

L'ex-femme demande souvent à Madame de pouvoir organiser des fêtes dans la galerie, pour connaître des gens nouveaux, surtout des hommes, et l'automne est le meilleur moment parce que le soleil, encore chaud, ne brûle plus.

Sauf que Madame se tient soigneusement à l'écart, en coulisses, ce n'est pas pour rien qu'elle habite cet endroit, par conséquent elle ne participe pas à ces fêtes, elle reste au premier étage, regarde les invités à travers ses persiennes, s'amuse énormément et danse dans sa chambre, en serrant un coussin entre ses bras s'ils passent un slow, ou bien en se déchaînant sur les rythmes rapides. Elle éprouve de la gratitude pour l'ex-femme qui lui a présenté son amant et qui veut changer sa vie en mieux, et alors, même si elle ne participe pas à la fête, elle prépare des gâteaux et du pain, elle lave des nappes pendant des jours, elle brosse avec soin les tomettes de la galerie et installe des panneaux artistement décorés sur la route pour que les invités trouvent la maison. L'ex-femme essaie de la convaincre de se joindre à eux, comme ça elle rencontrera un nouvel homme, puisque du côté de l'ex-mari, ça n'a pas l'air de marcher fort, ni du côté de l'amant second, d'ailleurs. Mais rien à faire, autant Madame est sans vergogne avec les hommes en tête à tête, autant dans une réunion de plusieurs personnes, je ne dis pas une école, mais même une fête, elle panique et elle voudrait aussitôt se cacher dans les ordures ou le fumier.

Un jour, l'ex-femme de l'amant lui a demandé l'autorisation d'organiser une fête avec son ex-famille et Madame était tout émue à l'idée que son amant vienne chez elle, même si c'était dans ces circonstances un peu particulières. Elle était prête à dire oui s'il le lui avait demandé. Mais quand ils se sont vus, il ne lui en a pas soufflé mot. Alors Madame a pensé que, quand il se rendrait compte qu'il était chez elle, il monterait l'inviter, et elle était prête, vêtue d'une belle robe fourreau coupée dans un revêtement de coffre en coton, doublée laine et coton et piquée de rubans de soie.

Derrière les persiennes, elle a vu arriver les membres de la famille, dont l'amant. Dans la cour, les hommes cuisaient le porcelet à la broche, les femmes préparaient des plats de céleri, de fromages et de saucisses et dans la galerie était dressée une table chargée des gâteaux faits par Madame, protégés sous de grandes nappes anciennes en lin.

Madame attendait que son amant monte la chercher, mais c'est l'ex-femme qui a frappé à sa porte pour la convaincre de se montrer supérieure et dégagée, de descendre participer à la fête et, à travers la porte, elle lui disait que du reste c'était inscrit dans leur type de rapport, à l'amant et elle, qu'elle devait suivre son époque, et donc descendre. Madame a enlevé sa robe couvre-coffre et s'est jetée sur son lit pour pleurer. Quand elle a revu l'amant, il lui a dit qu'elle avait une maison magnifique, qu'ils avaient passé une excellente soirée et merci vraiment de tant de gentillesse. Leurs vieux parents avaient pensé qu'ils avaient loué cet endroit merveilleux en leur honneur, avec la calèche tirée par Amélie qui les attendait sur la nationale.

Une journée inoubliable.

Madame, désormais comblée par les louanges de l'amant, m'a tout raconté et je l'ai répété chez moi. Grand-père a asséné un coup de poing sur la table qui a fait trembler les assiettes, les verres et les couverts et il est sorti sans manger, en claquant la porte. Pendant des jours, il ne m'a pas adressé la parole, sans explication, et il n'a plus dit bonjour à Madame. Elle était au désespoir, elle ne comprenait pas ce qui s'était passé ni quel tort elle lui avait causé, elle venait chez nous de plus en plus désespérée et demandait à maman d'intervenir. Maman, qui connaît son père, a parfaitement compris, elle a dit à grand-père qu'il tolère tout de quelqu'un quand il le veut, exemple son gendre, mais qu'il se montre intraitable avec le reste du monde, que c'est injuste parce qu'on accepte ses amis avec leurs défauts et avec leurs qualités, que Madame est bonne à en être bête et que ça ne date pas d'hier. Alors grand-père est allé chez Madame et lui a pardonné, Madame n'a jamais compris quoi, mais peu importe. À la suite de cet épisode, grand-père a élaboré une philosophie de l'amitié, dite du *voyage aller-retour*. À l'aller, vous ne voulez plus entendre parler de votre ami, tellement vous le trouvez stupide, et au retour, vous vous dites que malgré tout, au fond, c'est votre ami, qu'il a beaucoup de qualités et que vous n'êtes pas près d'en trouver un autre comme ça.

Le bruit de la mer

Les messages du blessé ont changé. Il écrit que ses oreilles résonnent du flux et du reflux des vagues et qu'il se raccroche à cette rumeur quand il est déprimé. S'il téléphone et que Madame est dehors, il lui demande de capter au portable le grondement de la mer et le bruissement du maquis par grand vent. Ou bien il dit qu'il rêve au corps doux de Madame, à ses grands seins laiteux, et même à ses vêtements si originaux, en nappes, rideaux et vieilles serviettes de toilette. Et que ça lui fait du bien.

Puis un jour, le blessé a téléphoné à Madame avec une voix épouvantable et il lui a raconté que Gioia la Joie, avant d'emménager pour de bon chez lui, s'était assise sur leur lit tout neuf, avait fondu en larmes et entre deux sanglots, lui avait dit qu'elle ne l'aimait plus, que lorsqu'il était blessé en Sardaigne, elle avait eu le temps de réfléchir à leur histoire et qu'elle avait compris que ça ne pouvait pas marcher. C'était peut-être le cas déjà avant la Sardaigne, mais tous ces achats les avaient abrutis et ils n'avaient pas vu le revers de la médaille.

Maintenant, le blessé demande à Madame s'il peut revenir dans cet endroit merveilleux, loin de la saloperie du monde, quitte à prendre un congé sans solde, il demande à Madame de l'aider à oublier Gioia la Joie et de l'aider à tomber amoureux d'elle. Madame a répondu qu'elle regrette infiniment, mais qu'en réalité, maintenant, elle ne l'aime plus. Avant, oui, elle l'aimait, ô combien ! Mais lui n'en avait que pour Gioia la Joie, tout en disant qu'il aurait aimé l'aimer elle, Madame, qui était si bonne, si prévenante, si amoureuse.

Le blessé ne l'écoute même pas, il téléphone encore et rabâche que Gioia la Joie l'a quitté, qu'il y a un vide, une perte très grave. Maintenant, Madame est peut-être en mesure de l'aider à oublier. Il apprendra à l'aimer. Avec le temps. À la chérir, au moins.

Mais, petit détail, pendant que le blessé parle, Madame entend monter un cri en elle – et elle en est tout à fait désolée –, une espèce de « Va te faire foutre ». Une erreur, peut-être. Madame dit que maintenant, par rapport à quand elle était jeune, elle en sait beaucoup plus sur tout, et elle pense : « Si je l'avais su à ce moment-là ! » Mais ensuite, quand il lui arrive de se retrouver dans une situation donnée, dans le présent, et d'avoir besoin de savoir, elle s'aperçoit qu'elle ne sait pas ce qu'il lui faudrait savoir à cet instant, par exemple si elle doit envoyer le blessé se faire foutre ou pas, et qu'elle le saura peut-être un jour, quand ça ne lui servira plus à rien.

Les jours où la vie prend des allures de dilemme, Madame lave et range de fond en comble sa maison et la cour, étrille Amélie et la Ferrarina, et une fois que tout le nécessaire a la couleur nécessaire et se trouve à l'endroit nécessaire, il lui semble impossible qu'autant de désordre règne encore dans le monde.

Le blessé a cessé de lui téléphoner et tout est redevenu comme avant.

Quand Madame va chez son amant, s'il cuisine pour la semaine, il met la nourriture au congélateur sous son nez sans lui dire : « Tu veux goûter ? » Peut-être, pense Madame, la désire-t-il si fort qu'il veut aller au lit dare-dare, sans perdre de temps en futilités. Et après l'amour, ils sont si fatigués qu'ils n'ont plus la tête à manger.

Grand-père dit à Madame qu'elle ne devrait plus aller chez l'amant parce que, à ce stade, la question n'est pas s'il l'aime ou non, mais s'il la traite ou non comme un être humain. Quand on cuisine devant un autre être humain, on propose : « Tu veux goûter ? » Tandis que s'il s'agit d'un porte-parapluie, on ne pense pas à lui donner à manger. Pas vrai ?

Madame répond que si elle était un porte-parapluie, l'amant ne la prendrait pas dans ses bras, ne la déshabillerait pas, ne l'emmènerait pas dans son lit. Alors là, grand-père craque et lui dit: «Ça va, ça va. Tu n'es pas un porte-parapluie. Alors, pour lui, tu es une putain.»

Et Madame: «Non, parce qu'il ne me paie pas. Il ne me donne rien, c'est moi qui lui apporte des provisions et il m'aime, je le sens qu'au fond il m'aime. Même qu'une fois, il m'a donné une cuillère en me disant que je pouvais goûter la sauce des pâtes qu'il avait préparée pour sa semaine.

– L'enculé! *Sa tzia*, une cuillère de sauce, tu aurais mieux à la soupe populaire!»

Maman dit qu'il ne faut pas prendre grand-père à la lettre, parce qu'il est doté d'un féroce esprit critique et qu'on ne peut pas regarder le monde ainsi. Les êtres humains se dépatouillent. Ils font des compromis. Dans le cas de Madame, c'est vrai que l'amant ne l'aime pas, mais deux ou trois heures par semaine, cette femme a quelque chose qui, au moins, ressemble à de l'amour. Elle enlève ses nippes de tous les jours, s'habille comme une femme, prend sa voiture, va en ville, quelqu'un la touche. C'est terrible de ne jamais être touché. Maman, par exemple, on ne la touche que pour l'aider à se lever de son lit et pour la soutenir quand elle marche. Alors, je serre dans mes bras ma pauvre maman. Je sais qu'elle est encore jeune, que papa n'est plus là et que c'est l'amour qui l'a mise dans cet état.

L'ex-femme de l'amant dit que son ex-mari l'inquiète. Alors, elle va souvent le voir. Comme ça, pour lui tenir compagnie. Il l'attendrit, avec cette façon de se couper en quatre pour lui préparer de bons petits plats, comme s'il courtisait une nouvelle venue.

Un jour, Madame a pris son courage à deux mains, et a demandé à l'amant s'il l'aime un peu. Il a souri et il a dit qu'on n'aime pas un peu. Ou on aime, ou on n'aime pas. Madame était allongée sur le lit, nue à côté de lui qui s'est relevé brusquement, s'est rhabillé, est passé dans la pièce d'à côté. Alors Madame a senti l'épouvante la frôler, elle s'est rhabillée aussi en se promettant de ne plus jamais poser de questions aussi idiotes. Des questions aussi idiotes détruisent toute la magie et, sans magie, la vie a un goût d'épouvante.

Après cette question, l'amant ne l'a plus appelée. On était en automne et maintenant c'est l'hiver. Noël est arrivé et l'amant n'a même pas téléphoné pour présenter ses vœux.

L'amant second, lui, était désolé, impossible de voir Madame pendant les fêtes, il était trop occupé par son travail et par une série de problèmes et de contretemps si longue que grand-père a dit: « Il ne lui manque que de se faire kidnapper par des extraterrestres. » Bref, il est clair qu'il a trouvé une nouvelle petite jeune.

Mais après, il a rappelé. Il était triste et il a confié à Madame que maintenant, il est avec une jeune fille bien, elle aussi très jeune, très belle, très douée au lit, plus peut-être, qui ne le fait pas tourner en bourrique comme l'autre et qui l'aime. Le problème est qu'elle l'aime trop. Pour Noël, elle lui a apporté un sapin et des décorations qui viennent de sa famille, des boules en verre de l'époque de ses parents, ainsi que des petits anges en pain fabriqués de ses mains, avec écharpe et manteau blancs, en pain eux aussi, et les cheveux en fils de laine, et il se sent perdu chaque fois qu'il regarde ces pauvres anges et ces pauvres décorations en verre du temps de son enfance, qui sont faits pour rassurer et qui, pour lui, ont un goût d'épouvante. Car cette jeune fille tient pour acquis le fait qu'ils passeront les fêtes ensemble et l'amant second a presque la nostalgie des méchancetés de l'autre.

Le fils aîné des voisins est revenu, avec une valise qui ne contenait que des tee-shirts d'été, un peignoir, des lunettes, un maillot et un bonnet de bain. Sa mère lui a crié aux oreilles «Pourquoi?» et il a répondu qu'il s'attendait à trouver la chaleur ici et puis, à Paris, il va à la piscine pour entraîner son souffle, pour la trompette. «On n'a pas de piscine ici! continuait à crier sa mère. Ici, il y a la mer. En été!

– Oui, je sais. Je voulais juste vous montrer mes affaires de piscine!»

Quand j'ai raconté ça à la maison, grand-père n'en finissait plus de jubiler: «Génial! Génial! Un artiste.» Dans son dos, Maman lui faisait signe de se taire. Mes petites sœurs écoutaient et pour elles, entendre ces choses et voir qu'un adulte les approuve n'est pas un bon exemple.

Pour Noël, les seuls cadeaux dont Madame et moi avons été chargées étaient pour mes petites sœurs et pour Pietrino, plus quelques vêtements d'hiver pour le jazzman, vu que ma tante n'est pas là, et que grand-père et maman, encore que pour des raisons différentes, ne peuvent pas souffrir les cadeaux. Alors, une fois en ville, Madame, très élégante avec sa robe coupée dans une besace de la fin du XIXe siècle, a proposé d'aller parler de nos maladies au docteur Giovanni, mais aussi de lui porter nos vœux. Le docteur posait des questions et c'était toujours moi qui répondais parce que Madame, le menton appuyé sur le bureau, dévorait des yeux ses très belles mains, son cou, sa bouche et, à l'évidence, était traversée par tout ce qui vous traverse dans ces cas-là. Au moment de prendre congé, elle a sorti un paquet et le lui a donné. C'était une cassette enregistrée du bruit de la mer et du maquis, par temps calme, pendant un orage, sous une pluie légère, avec un vent faible, fort, très fort et, le clou, la trompette du jazzman.

Le docteur Giovanni a voulu l'écouter tout de suite et on voyait qu'il n'en revenait pas, il a même dit qu'il était heureux et qu'il était tombé amoureux de cette cassette. Madame s'est excusée pour ce cadeau qui n'en est pas un, et elle lui a avoué qu'elle a trouvé cette idée dans un film parce que nous n'avons pas la télévision mais nous allons au cinéma en ville toutes les semaines, qu'elle devait envoyer ces enregistrements à un client blessé qui avait séjourné dans sa maison d'hôtes, mais la chose en fin de compte ne s'était pas faite et qu'elle avait décidé de les lui offrir, à lui, pour Noël. Le docteur Giovanni l'a remerciée d'une poignée de main chaleureuse. Pas de baiser, même pas sur la joue comme, à mon avis, Madame l'espérait. Mais nous sommes quand même sorties ravies de son cabinet. Le docteur Giovanni ne peut pas le savoir, mais le fait qu'il ne porte pas d'alliance et qu'il y ait sur ses murs toutes ces photos d'avions de tourisme et de paysages exotiques, et pas de photos de femmes ou d'une famille, nous a permis de passer un meilleur Noël.

De retour à la maison, j'ai aussitôt raconté que le docteur Giovanni avait prononcé le mot « amoureux » et qu'à mon avis, il voulait sûrement dire « amoureux » de Madame. Maman a dit: « Si c'était vrai ! Sauf qu'avec toi, il faut toujours se méfier ! »

Les promoteurs, ou peut-être les fantômes, sont venus présenter leurs vœux en même temps que les gens de la famille de Madame, et ils avaient l'air étonnés de cette étrange coïncidence, mais puisque tout le monde était là, autant valait faire le point sur les terrains et une vente éventuelle. Madame a cuisiné pour tout le monde et rempli les voitures de provisions, mais on voyait qu'elle en avait gros sur le cœur car sa famille ne l'invite jamais pour les fêtes, ils la prennent toujours de vitesse en venant ici, peut-être par crainte qu'elle aille chez eux.

Madame a dit qu'au fond, en y pensant bien, la beauté de cet endroit ne sert à personne, alors pourquoi ne pas vendre et partir très loin.

La veille de Noël et le jour même, elle était invitée chez nous et maman, assise à la table de la cuisine, a préparé le repas en l'honneur de Madame, avec mes petites sœurs et moi pour la seconder: «Apportez-moi ci, apportez-moi ça.» Grand-père a rôti de la fressure d'agneau à la broche dans la cheminée et le lendemain, il y avait de la saucisse sèche, du jambon sarde, des petites pâtes au bouillon de poule et de l'agneau à la braise. Madame est arrivée sur son trente et un, dans une *manta ingemmada*[1], et elle a apporté du pain et des gâteaux cuits au feu de bois et des pizzas pour mes petites sœurs qui n'aiment pas les plats traditionnels, mais préfèrent la pizza et les chips. Ma tante nous a téléphoné d'Israël un peu triste parce qu'elle se sentait seule,

1. Couverture précieuse à motif inspiré des voiles de tulle brodés de fleurs.

ses amis philosophes juifs et palestiniens n'avaient rien à fêter, n'empêche qu'ils avaient parlé de Dieu quand même, du fait que chacun est une *monade sans porte ni fenêtres,* sans contact avec les autres, mais qu'au fond, Il a fait de son mieux en créant *le meilleur monde possible* avec les *monades* qui, même si elles sont seules, sont en harmonie.

Battement d'ailes

Cette nuit-là, papa est revenu. J'ai pensé qu'il venait me chercher et, au fond, j'étais contente parce que j'ai l'impression parfois que l'avenir ne me réserve rien de bon, alors autant m'en aller tout de suite.

Il est revenu à sa façon, le courant d'air, les draps qui montent jusqu'au plafond, les taquineries. Puis il est sorti par la fenêtre. Je me suis bien couverte et j'ai suivi les ailes de papa dehors, sur les sentiers du maquis. La lune nimbait d'une lumière bleu pâle les buissons couverts de givre brillant, mais tout était si parfait, et moi si triste, que j'ai pensé au Dieu de Leibniz qui n'a pas du tout organisé les choses pour le meilleur déroulement de la vie universelle. Je préférais suivre papa, pourquoi pas là-haut, dans un autre monde. De sentier en sentier, nous sommes passés devant la maison des voisins. On entendait des cris: «Tu devrais avoir honte! On ne dirait pas que tu es de notre famille! Va-t'en! Tu auras ta grand-mère sur la conscience! Tu peux être tranquille que Jésus te le revaudra ; et tu as choisi le jour de sa nativité, en plus ! » Et puis un bruit de verre cassé dans les pièces où la lumière s'allumait. Le fils des voisins est sorti de chez eux, furieux, avec sa trompette, en tee-shirt par ce froid glacial. Il était en larmes et de son bras libre, il frappait les buissons à coups de poing comme s'ils allaient lui sauter à la gorge. Les ailes de papa le suivaient à toute allure et moi derrière elles jusque sur la nationale, et puis sur le chemin abrupt qui descend à la mer. Je l'ai rattrapé et il m'a bourrée de coups de poing, moi aussi. « Vous ne me reverrez jamais ! hurlait-il. Je vous déteste tous ! »

Je ne me suis pas laissé impressionner et j'ai essayé de l'immobiliser parce que j'avais peur qu'il se jette à l'eau. Je lui disais que, quoi qu'il ait pu se passer, il était jeune, qu'il jouait merveilleusement bien, que même s'il était seul au monde, il avait sa musique, que surtout il avait sa propre personne, que nous tous n'avons que notre propre personne, que moi aussi cette nuit je voulais mourir, mais que maintenant, si nous nous calmions un peu et que nous regardions comme tout était beau et serein autour de nous, ça pouvait nous faire du bien.

« Je m'en tape de cet endroit de merde, je vous déteste tous ! » hurlait-il. Mais ensuite, il s'est assis sur un rocher et il a continué à pleurer, doucement, et c'était un vrai glaçon parce qu'il avait transpiré sous l'effet de la fureur et que maintenant la sueur gelait sur lui. Il avait tout dit à sa grand-mère, qu'il ne connaissait de la Sorbonne que la façade parce qu'il va souvent jouer au Quartier latin. Qu'à Paris, il n'est pas chez les curés. Qu'il gagne sa vie en jouant dans des bars et que si on ne veut pas de lui, il ne mange pas, et que s'il ne mange pas, il va jouer de la trompette dans le métro. Qu'il n'accepterait de s'occuper d'une entreprise de bâtiment qu'un pistolet pointé sur la tempe, et encore. Alors la grand-mère s'est sentie mal, on l'a emmenée aux urgences à Villasimius, il ne comprenait pas pourquoi il ne vivrait pas comme ça lui chante, bon Dieu, du moment qu'il ne tue ni ne vole personne. Alors que pour ses parents, maintenant, si sa grand-mère mourait, c'était de sa faute.

« L'hiver est arrivé », lui ai-je dit en enlevant les glaçons de ses cheveux et de son dos. Il a éclaté de rire. Il riait et il pleurait. La mer était un miroir traversé d'un long sillage lumineux, comme une patinoire d'argent. Alors, il a soudain eu une inspiration et il a composé séance tenante une version jazz du *Clair de lune* de Debussy, on n'entendait que sa trompette et même les ailes de papa sont restées immobiles dans le ciel, à écouter.

« Ce n'est pas vrai que je vous déteste tous et que j'en ai rien à taper de cet endroit », a dit ensuite le fils des voisins comme pour s'excuser.

Et le lendemain, mes règles sont arrivées.

Et je suis sûre que pour le joueur de jazz non plus un arbre n'est jamais seulement un arbre.

Le départ de la grand-mère

Quand la grand-mère des voisins a repris ses esprits, elle a voulu que son petit-fils vienne chez elle, au village, et lui raconte toute la vérité, même si elle était dure à digérer.

Personne ne sait ce qu'ils se sont dit mais désormais la grand-mère aussi prend des cours de français avec le jeune homme sénégalais qu'elle se garde bien d'appeler *petit nègre*, mais scrupuleusement professeur, ou mieux, *monsieur**, et maintenant que le printemps est arrivé, la grand-mère des voisins fait la navette entre Paris et ici et elle raconte que tôt le matin, elle va à la *boulangerie, rue du Temple**, ou à la *poissonnerie, rue Rambuteau**, et nous ne pouvons pas imaginer les couleurs chez les marchands de primeurs parisiens, et dans les boutiques de fleurs, de chocolats, de perles. Puis après le ménage, qu'ici elle ne fait pas parce qu'elle a une *femme de ménage**, mais qui, à Paris, même si c'est une charge, n'a rien à voir, elle va à l'église, à *Notre-Dame**; puis elle se promène au bord de la Seine et sur le *quai de l'Hôtel-de-Ville**. En racontant, elle est tout émue : par le printemps à Paris, par *Notre-Dame** qui se reflète le soir dans la Seine, par son petit-fils si sale et affamé dans ce taudis malodorant à l'escalier branlant, au lavabo encombré de vaisselle sale, au parquet rongé et aux robinets qui tournent sur eux-mêmes quand on les ouvre et giclent partout, par son lit aux draps douteux sous une petite lucarne d'où on peut quand même voir les cheminées, les Velux, les toits couleur du ciel parisien, les balustrades comme de la très fine dentelle et, au loin, la *tour Eiffel**. Et par le jazz. La grand-mère des voisins est émue par le jazz, aussi.

Elle dit qu'au fond, c'est partout pareil, car elle s'est promenée avec des vieilles dames comme elle, qui la comprenaient si elle illustrait par des gestes le petit peu de français appris grâce à *monsieur**, tout comme elle-même les comprenait, et qu'elles avaient les mêmes problèmes de solitude et de santé chancelante, mais qu'après tout, elles considéraient qu'elles avaient de la chance d'être là à se promener sur les quais de la Seine et à bavarder en deux ou trois langues différentes en se comprenant aussi bien.

Quand la grand-mère des voisins revient de la *Ville lumière**, nous allons la chercher avec la Ferrarina de Madame et Pietrino vient toujours avec nous. Personne d'autre ne peut jamais venir. Grand-père aimerait bien parce qu'il n'a confiance ni dans la Ferrarina ni dans la conduite de Madame, et il a peur pour moi. Mais il redoute que la grand-mère, le trouvant là pour l'accueillir, n'aille s'imaginer Dieu sait quoi. Nous consultons les panneaux lumineux des arrivées et quand le vol en provenance de Paris est affiché comme *arrivé*, notre cœur bat plus fort et quand les portes automatiques s'ouvrent, la grand-mère nous apparaît, superbe, en tailleur, sac à main, chaussures, parfum, cheveux remontés en banane, à la parisienne de la tête aux pieds comme elle l'a vu dans les films *antigorius* de son époque, et nous pleurons d'émotion et allez savoir pourquoi Paris nous fait cet effet.

Les maîtresses des amants

Avec l'arrivée du printemps, l'amant premier a téléphoné à Madame qui a décidé de ne plus poser de questions sur l'amour, mais, comme le lui conseille grand-père, de demander le pourquoi de chaque chose, de procéder en somme pas à pas, sans aller chercher les grands systèmes du genre : « Tu m'aimes, oui ou non ? » Elle a donc demandé à l'amant pourquoi il ne se montre jamais avec elle en public, pour manger une pizza, ou voir un film au cinéma ou se promener au bord de la mer. Ni l'un ni l'autre ne sont mariés, ils ne font de tort à personne. D'ailleurs, combien de fois les voisins ont même dit à Madame, quand ils avaient de bonnes choses à leur table : « Invite-le donc. » Mais il ne vient pas et déclare : « Aujourd'hui, justement, je ne peux pas. » Bref, Madame a pris son courage à deux mains et elle le lui a demandé. Cette fois, l'amant lui a répondu et lui a exposé la théorie de l'existence en « compartiments étanches », qui consiste à ne pas mélanger le sexe avec l'amitié, le travail, les intérêts culturels, le sport. Chaque chose est rangée dans son compartiment.

Madame l'a redit à grand-père qui, réflexion faite, a conclu: «Pourquoi alors ne lui demandes-tu pas de te ranger quelque temps dans le compartiment pizzas?» Madame s'amuse avec grand-père. Elle rit à la moindre de ses bêtises. Grand-père, ça l'énerve. «Tu ne dois pas rire tout le temps. Ce n'est pas gratifiant de faire rire avec la première réplique venue. Si je te regarde et que je te dis *pouf pouf*, tu ris.» Il n'aurait jamais dû faire *pouf pouf*, parce qu'alors Madame ne se tient plus de rire. Quand elle a ri tout son saoul avec grand-père, Madame chante. Elle chante très bien et sa voix mélodieuse semble vouloir dire qu'au fond la vie est belle.

Madame a pris grand-père au sérieux et elle est allée chez l'amant lui demander d'être rangée dans un autre compartiment, enlever le sexe, être amis, rien de plus, quelques promenades ensemble, un cinéma, un plat de pâtes qu'on partage, et voilà. Mieux se connaître. Et l'amant aussi était d'accord et il disait qu'il ne voulait le malheur de personne et que si, pour Madame, le lit sans les promenades, le cinéma et les pâtes, ça n'allait plus, il la comprenait, mais qu'il ne pouvait rien pour elle, on ne pouvait pas tout avoir en même temps.

Alors ils se promenaient, ils allaient au cinéma, ils mangeaient des pâtes, mais quand Madame, émoustillée par la nouveauté, la gratitude, le fait que l'amant premier était beau, sympathique, raffiné, accueillant, s'approchait de lui pour l'embrasser, il la repoussait en disant que désormais c'était lui qui n'avait plus envie de faire l'amour, alors toute la magie disparaissait et la vie retrouvait son goût d'épouvante.

Un jour, l'ex-femme de l'amant est venue voir Madame, elle était dans ses petits souliers et elle lui a demandé de déboucher une bouteille de vin parce que sans un petit coup, elle n'arriverait pas à vider son sac. Elle s'était aperçue depuis longtemps que son ex-mari se sentait seul et triste et même s'il ne manquait pas de femmes, y compris belles et douces comme Madame, aucune ne réussissait cette chose mystérieuse qu'est toucher le cœur de quelqu'un et susciter un sentiment, un lien. Depuis qu'ils étaient séparés, aucune n'était jamais la bonne. Et pour elle non plus, depuis leur séparation, aucun n'était jamais le bon. Aucun n'avait jamais touché son cœur. Tous ces internautes. Ridicule.

Madame a reçu le coup à bout portant, *pan!* Le sang n'a pas coulé mais s'est figé à l'intérieur, en caillots. Une de ces hémorragies internes où on vomit le sang par une blessure invisible.

Au bout de quelques jours, le monde de l'amant et de son ex-femme, ce monde où deux êtres humains se lient d'amour et couchent ensemble et avec personne d'autre, mais partagent aussi les promenades, le cinéma et les pâtes, paraissait déjà si étranger, si loin d'elle que toute la douleur et l'envie de vomir du sang devenaient une nostalgie. Mais la nostalgie de quelque chose qu'on ne connaît pas et que, donc, au fond, on peut supporter.

Noël passé, l'amant second a quitté la jeune fille qui l'aimait et modelait des anges en mie de pain et, ces derniers temps, il était avec une fille elle aussi très jeune, très attirante, très courtisée, mais qui à nouveau le faisait souffrir.

Un soir, il a frappé chez Madame, dans tous ses états. Madame lui a fait un café, il lui a raconté qu'il était allé dans une boîte de nuit près d'ici avec sa nouvelle amie, qu'ils avaient rencontré des copains à elle qui l'avaient aussitôt encerclée et complimentée de façon plutôt vulgaire. Il était prêt à les remettre à leur place en distribuant quelques coups de poing, mais la gamine riait et dansait au milieu d'eux, dans son tee-shirt court et léger qui moulait ses gros seins. Puis un de ces jeunes avait renversé un verre de bière sur elle qui, toujours morte de rire, avait enlevé son tee-shirt et continué à danser, seins nus mouillés. Alors il était parti sans lui dire au revoir. Elle était comme ça, une gamine. Pas une putain. Parce qu'avec tout ça, elle ne couchait pas. Elle vous rendait fou. Et pareil pour les jeunes à la boîte de nuit. Elle leur avait sûrement tourné la tête, et après, pas touche.

C'est ainsi que l'amant second est resté dormir chez Madame et que le lendemain matin, je les ai vus se promener sur la plage déserte, chaussures à la main, les pieds dans l'eau limpide déjà teintée de ses bleus de l'été. Depuis ce jour-là, il fait toute la route pour venir dormir avec Madame.

Ils semblent heureux et l'amant second dit à Madame qu'il n'en revient pas de pouvoir enfin faire l'amour sans préservatif, même d'excellente qualité. Il a confiance en elle. Maintenant, elle est à lui.

Fuir

L'amant second a dû se rabibocher avec sa gamine, celle qui ne couche pas. Un soir, il n'est pas revenu dormir chez Madame. Il a dit qu'il s'était perdu. Il était fatigué et, en quittant la nationale, pas moyen de savoir ce qui s'était passé, il avait tourné en rond sans trouver la maison de Madame, il faisait nuit, il ne voulait pas la déranger en lui demandant de venir à sa rencontre, alors il avait renoncé. Il ferait signe très vite, avait-il promis, mais on ne l'a plus revu.

À cause de ces épisodes, de l'amant premier et de l'amant second, Madame a décidé que ses beaux cheveux ne lui servent plus et elle les a coupés, à la diable, à grands coups de ciseaux.

«Je suis toute moche», dit-elle avec ravissement.

D'après grand-père au contraire, ses cheveux courts lui vont bien. Il aime les cheveux longs et blonds comme les miens, courts et blonds comme ceux de maman, de ma tante et de mes petites sœurs, longs et bouclés comme ceux de Madame avant, et courts et bouclés.

Madame a aussi décidé de vendre. Les promoteurs, sachant qu'elle voulait leur parler, sont arrivés aussitôt sans même attendre qu'elle aille les chercher avec la Ferrarina, ils ont pris le chemin de terre sans se soucier de ménager leurs belles voitures pour lui montrer le projet de village avec bungalows, jeux, piscines, aires d'animation, routes d'accès à la mer et pontons pour plonger au milieu des rochers. Ils lui ont offert une fortune et le compromis était déjà prêt. Sauf qu'à ce stade, Madame s'est éclipsée, les laissant seuls chez elle avec leur projet et le compromis à signer sur la table de la salle de réception, personne ne savait où elle était et nous avons tous cru qu'elle pouvait être tombée du promontoire à pic sur la mer.

Alors Pietrino a dit que, dans l'obscurité, quand il doit rentrer, il voit des petits cailloux lumineux qui balisent sa route. Nous avons formé l'armée et nous avons suivi le gosse ravi et, pour une fois, général d'armée, car il voyait ses cailloux, et j'étais sûre moi aussi que c'était le bon chemin parce que j'entendais au-dessus de nous comme un bruissement et c'étaient sûrement les ailes de papa. On a marché, marché, et on est arrivés à l'endroit où sont parqués les animaux, Madame était là en larmes, piétinant les crottes de poule pendant que Niki Niki hargneux donnait du bec et des griffes contre elle. Quand elle nous a vus, elle nous a pris dans ses bras, et nous a dit en sanglotant qu'elle ne veut pas nous gâcher la vie avec sa folie de ne pas vendre, mais qu'elle n'arrive pas à savoir ce qui est sensé et ce qui ne l'est pas, ce qui est juste et ce qui ne l'est pas, et qu'elle espère que nous pouvons l'aimer quand même.

Le vol plané

Quand nous avons aperçu les flammes, elles avaient gagné déjà toute la maison de Madame. Un seul côté de la maison était préservé, mais elle ne se montrait pas à la fenêtre, nous n'entendions aucun cri. Nos pompes ne servaient à rien. Grand-père a mouillé des serviettes de toilette et s'en est couvert la tête. « Pense à ta famille », lui ont dit les voisins.

Il n'a pas répondu. Il s'est dégagé de force des bras qui voulaient le retenir et il est entré dans la maison. Peu après, nous l'avons vu à la fenêtre, il étreignait un pantin enveloppé dans les serviettes. Nous avons tendu un grand drap de lit deux personnes et l'avons soulevé tous ensemble, et Madame a fait un vol plané. Saine et sauve.

J'ai crié : « Grand-père ! Grand-père ! Saute, grand-père ! »

Mais lui, peut-être, ne pouvait pas. Ne voulait pas.

Battement d'ailes

Les ailes de papa voulaient peut-être m'avertir d'un danger et je ne l'ai pas compris. Pourquoi papa n'a-t-il pas été plus clair ?

La grand-mère des voisins dit qu'à son avis, l'incendie s'est déclaré à l'intérieur, que c'est peut-être Madame qui l'a provoqué, qu'elle avait décidé de mourir parce que ses amants ne veulent plus d'elle et que ses règles n'arrivent plus, que maintenant à cinquante ans, les femmes *bollinti abarrai pippieddas*[1]. Elle se sentait vieille et malheureuse. Comme si pour vivre, il fallait à tout prix être jeune et heureux. On vit, c'est tout. Et puis, d'où ça sort que la vieillesse est triste ? Il n'y avait qu'à la regarder, elle, avec ses allers et retours à Paris.

La maman des voisins est d'accord, prétendre au bonheur est un péché contre le Seigneur. Car le bonheur que nous, les humains, voulons, n'est pas

1. Veulent rester des jeunettes.

l'harmonie du paradis terrestre d'où nous avons été chassés et dont il est logique d'éprouver la nostalgie, mais un bonheur matériel, un assouvissement de nos désirs physiques, personnels.

Peut-être Madame voulait-elle mourir pour notre bien, pour que nous devenions enfin riches ? Ou bien le coup vient-il des propriétaires des terres voisines, ceux qui n'habitent pas ici ?

Ou bien, distraite comme elle l'est, a-t-elle vraiment oublié une casserole sur le feu ? Ou bien le coup vient-il plutôt des promoteurs, un avertissement : « Si tu ne vends pas, on te règle ton compte » ?

Ou bien de sa propre famille, pour l'héritage ?

Ou encore, mais je suis la seule à pouvoir le penser, les fantômes tortionnaires, dans une de leurs cérémonies punitives avec Madame, ont-ils dû décamper à l'improviste en laissant le four à bois allumé ?

Moi, ça m'est égal. Peu importe. Désormais, je déteste Madame. Je voudrais ne jamais l'avoir connue et encore moins aimée. Pour moi, elle est morte elle aussi, étouffée par la fumée de l'incendie.

Depuis la mort de grand-père, papa n'est plus revenu. Ils se sont peut-être parlé. La grand-mère des voisins a dit que son petit-fils à Paris mène une drôle de vie, vous voyez ce que je veux dire, l'amour libre avec des *egue*, manger et dormir quand il y pense. Il faut que son ange gardien ait les ailes larges.

Papa et grand-père sont peut-être allés ensemble à Paris et ils volent au-dessus de Notre-Dame, de la Seine, du Quartier latin et ils suivent d'en haut le trompettiste de jazz partout où il va. Et ils volent peut-être aussi au-dessus de la grand-mère quand elle va à la *boulangerie** ou à la *boucherie**, ou se promener avec ses amies françaises sur le *Quai**. Et grand-père a appris à l'apprécier, maintenant qu'elle réserve à son petit-fils une affection particulière et non plus générale, qu'elle aime le jazz et qu'elle a eu le courage de changer.

Grand-père

Je n'arrive pas à détester Madame pour de bon. Nous l'hébergeons et elle dit que, sans grand-père, plus rien n'existe pour elle et que la vie a un goût d'épouvante. Il y a quelques jours, je l'ai convaincue de reprendre un de nos jeux absurdes comme dévaler le chemin sans nous arrêter jusqu'à la plage ou nager vers le large, aux écueils, pour libérer sa souffrance et son chagrin. Mais elle est restée au bord de l'eau, assise sur les galets blancs, les yeux rivés sur ses pieds et sur les vaguelettes qui les recouvraient et les découvraient et elle m'a dit qu'elle était amoureuse de grand-père. Pas une seconde elle n'a pensé pouvoir être aimée en retour par un homme comme lui. Si beau, avec cette barbe grise hirsute parce qu'il ne se rasait pas tous les jours, ce physique maigre et nerveux, ces yeux de l'azur profond de la mer quand le vent souffle fort, et ces mains. On ne passait pas cinq minutes en sa compagnie sans découvrir et comprendre quelque chose de nouveau. Mais ce qu'il lui disait, à propos de l'homme futur, était à but thérapeutique pour lui donner confiance en elle, et il devait être le premier à ne pas y croire. Elle n'était que *sa tzia.* Il ne restait plus à Madame qu'à se réfugier dans la rêverie. Elle s'imaginait allant avec lui aux cascades, derrière la montagne, à un moment un orage aurait éclaté, ils auraient dû s'abriter sous un rocher, obligés de se blottir l'un contre l'autre, au moment de rentrer, la nuit serait tombée, alors Madame aurait embrassé grand-père sur la joue par gratitude, parce qu'il savait toujours comment se sortir d'affaire, et puis elle lui aurait donné des baisers de plus en plus près de la bouche, le désespoir de l'orage aurait tourné au seul vrai bonheur possible et grand-père aurait dit qu'ainsi ils unissaient l'utile à l'agréable. Ou bien Madame aurait pu tomber de cheval et s'évanouir et grand-père s'exclamer: «Réveille-toi, mon amour.» Ou bien elle aurait eu un malaise au large et grand-père l'aurait sauvée et portée dans ses bras, il lui aurait fait le bouche-à-bouche et il se serait peut-être aperçu que *sa tzia* lui plaisait.

Mais un tel orage n'avait jamais éclaté, grand-père connaissait le chemin du retour par tous les temps, même dans le noir, Amélie était une vieille jument placide, Madame nageait à la perfection et arrivait avant tout le monde jusqu'aux écueils, au large du promontoire.

Battement d'ailes

Pietrino a une vision heureuse de Dieu, à l'évidence le Seul qui lui réponde. D'après lui, il suffit de demander. Alors Madame a essayé et elle a dit au petit presque en plaisantant qu'elle aurait aimé que grand-père revienne, ou au moins que l'amant premier ou l'amant second vienne la chercher et l'emmène. Après le déjeuner, nous avons entendu sonner et nous avons vu un 4x4 au portail, nous n'étions pas rassurées et nous avons empoigné des outils agricoles pour nous défendre contre les promoteurs qui voulaient sans doute nous tuer, mais c'était le docteur Giovanni qui avait appris la nouvelle de l'incendie par le journal et s'alarmait, il ne comprenait pas qui était mort et pour se rassurer, il n'avait eu de cesse de nous retrouver. Il est allé droit vers Madame, a pris sa tête pelée entre ses mains, lui a donné un baiser sur une joue, puis sur l'autre, et en revenant à la première joue, il l'a embrassée sur la bouche. Nous l'avons convié à s'asseoir et nous lui avons tout raconté, pendant que Madame le regardait, aux anges. Puis il est parti, et n'est plus revenu. Nous ne savons rien de lui, de sa vie. Sinon que, de désespoir, il a parcouru cinquante kilomètres en pensant que Madame était morte et qu'en la retrouvant, de bonheur, il l'a embrassée. Il apparaît donc certain que c'est un homme capable d'enthousiasme, capable d'aimer. À propos du baiser sur la bouche, il pourrait s'être trompé, avoir mal calculé sa trajectoire en passant d'une joue à l'autre. Quand Madame ferme les yeux, à mon avis, elle repasse la scène du baiser du docteur, moi je ferais comme ça, pour que la sensation dure, ou bien je l'écrirais, je crois. Et quand elle regarde par la fenêtre, on comprend qu'elle attend le docteur. Sauf qu'il ne vient pas. Un miracle que Dieu a laissé à moitié. Un rite magique incomplet. Une erreur dans l'équilibre entre les *monades*.

Ce que je n'aime pas chez Dieu, c'est qu'Il a peut-être tout organisé de la meilleure façon possible, comme dit Leibniz, mais qu'ensuite Il est parti en nous laissant seuls. Alors que j'aimerais qu'Il s'attarde sur le fond de toutes les questions, qu'on puisse discuter avec Lui.

Dans la vision de Dieu qu'ont la grand-mère et la maman des voisins, Il est toujours là pour nous suggérer ce que nous devons faire. C'est ainsi que, sur Son conseil, elles ont rempli la Ferrarina de provisions et convaincu Madame d'aller chez le docteur

Giovanni, le remercier en notre nom à tous pour l'intérêt qu'il nous porte, pour les indications de traitement qu'il a données à maman, pour ses conseils sur l'arthrose de la grand-mère des voisins. Elles lui ont suggéré de toujours parler au pluriel. Nous. Nous. Nous. Pour ne pas éveiller de soupçons.

Au moment de partir, Madame nous regardait avec ses yeux liquides de tigresse amoureuse et triste. « Tu m'as promis de réciter le chapelet », a-t-elle rappelé à la maman des voisins et la maman des voisins a répondu : « Ne t'inquiète pas », en lui caressant la tête et en rangeant les provisions dans le coffre.

Je lui ai glissé à l'oreille : « Grand-père ne dirait jamais du docteur Giovanni que c'est un connard. »

Alors elle a éclaté en sanglots, et nous aussi, et il faut dire que depuis l'incendie, je n'aimais plus Madame parce que grand-père est mort pour la sauver. Mais maintenant, je me rends compte que ce n'est pas vrai. Mon grand-père se serait jeté dans les flammes pour n'importe qui. Mon grand-père était comme ça. C'était lui le seul homme futur possible. Et puis, je sais qu'il a voulu mourir. Il pouvait sauter dans le drap après Madame. Mais il disait toujours qu'il s'ennuyait, qu'au moins la mort serait une nouveauté et qu'il verrait s'il y avait quelque chose après. Ou pas.

Madame n'est pas encore rentrée. Elle nous a appelés sur le portable pour nous dire de ne pas nous inquiéter, que tout va bien, qu'il est tard, que le docteur Giovanni n'a pas voulu qu'elle reprenne la route de nuit et qu'il l'a convaincue de rester jusqu'à demain.

Maintenant ma pauvre Madame qui n'a jamais rien eu dort sûrement. À cette heure, le joueur de jazz dort peut-être lui aussi. Et moi aussi, je devrais dormir. Mais je n'y arrive pas. Il faudrait que volent au-dessus de nous les ailes de papa et de grand-père. Pour eux, c'est une bagatelle d'aller d'ici à Cagliari, puis à Paris, et retour. Je laisse la fenêtre ouverte.

Agnese

Désormais, le docteur Giovanni vient souvent chercher Madame et parfois, il ne la raccompagne pas et elle dort chez lui. C'est peut-être par pitié. C'est peut-être parce que ça l'enquiquine de la raccompagner. C'est peut-être juste pour faire l'amour. Mais une chose est sûre, c'est un miracle. Et Dieu fait les miracles comme Il l'entend, peut-être pas ceux qu'on attendait et il faut les prendre comme ils viennent.

C'est vrai, cette situation nouvelle convient à Madame, même si Giovanni habite dans un lotissement sur la nationale 554 où elle a l'impression d'étouffer en dépit du soin qu'il prend à table de toujours la placer en face du jardin, où le béton a tout de même la part belle. Mais le câprier n'attendait sans doute pas mieux : avant, dans la très bonne terre de Madame, il ne poussait pas et maintenant, il fleurit à tout-va.

Et puis, il y a un chat, Ariel, qui ne supporte pas la présence de Madame, il se cache et ne vient pas manger si elle est dans les parages. Madame passe beaucoup de temps à lui parler à voix haute en espérant qu'il comprenne, mais le chat ne sort pas de sa cachette, et s'il sort en entendant la voix de Giovanni et qu'il voit Madame, il fouette l'air de sa queue, tout énervé.

Madame s'inquiète et redoute qu'Ariel flaire qu'elle ne sera jamais chez elle dans cette maison. Moi, c'est la nouvelle coiffure de Madame qui me déplaît. Elle plaît à Giovanni. Elle ressemble à celle de Gioia la Joie, plate avec des accroche-cœurs. Et ça me déplaît aussi que Giovanni lui ait interdit de couper ses vêtements dans des nappes, des rideaux et des serviettes, ses vêtements de poupée retrouvée sous les ruines de Stalingrad. Enfin, c'est comme ça. Le fait est qu'ils sont heureux.

Le docteur Giovanni, de toutes les femmes qu'il a eues, a décidé d'épouser Madame. Il ne sait pas expliquer pourquoi, la raison pour laquelle une personne conquiert notre cœur est mystérieuse, nos sentiments s'éveillent, nous nous lions à cette personne. Madame était Madame avant aussi et aucun amant ne l'a aimée et, je le sais moi, on la traitait même comme un chien à qui lancer des restes sous la table. Et maintenant, le docteur Giovanni, tous les samedis matin, va au marché, achète pour elle les produits les plus succulents, lui verse à table les meilleurs vins, ramasse même sa serviette car Madame a ce problème de toujours la laisser tomber, et la fixe à sa robe avec une épingle.

Et puis, il y a une autre nouveauté, géniale: Giovanni appelle Madame par son vrai nom, Agnese.

Personne n'appelait jamais Agnese par son nom. Petite, on l'appelait « la dernière-née », à l'école « la bourrique », puis « la femme de chambre », « la couturière », « l'écuyère », « l'héritière », « l'hôtesse », « *sa tzia* », « Madame ».

Parfois, quand Giovanni l'appelle « Agnese ! », elle ne répond même pas, tant elle ignore qu'elle est Agnese.

La grand-mère des voisins dit que Madame se donnait trop vite aux autres hommes, qu'elle ne les laissait pas languir, alors qu'il faut ça aux hommes et que pour se faire épouser, on doit résister jusqu'au dernier jour. Madame dit qu'elle est convaincue que cette histoire de règles est vraiment psychologique parce qu'elle ne les a plus mais que l'envie de faire l'amour avec son homme est toujours là, très forte. Donc, elle a déjà couché avec Giovanni et la thèse de la grand-mère aussi s'effondre. Comme toutes les explications logiques. Que s'est-il passé alors ? La roue de la Fortune de papa, qui tôt ou tard devait tourner ? La magie ? Le Dieu des voisins ?

La maman des voisins est inquiète. Le docteur Giovanni ne lui inspire pas confiance. Quel besoin avait-il d'épouser Madame ? Pourquoi ne lui a-t-il pas simplement proposé de vivre avec lui puisqu'elle se retrouvait à la rue ? Le fait est que le docteur

Giovanni a dû prendre ses renseignements sur la propriété et la maman des voisins craint qu'il veuille assassiner Madame, le crime parfait, hériter, tout vendre et devenir milliardaire. L'amant premier et l'amant second de Madame ne l'aimaient pas, certes, et ne voulaient pas l'épouser, mais au moins on était sûr qu'ils n'allaient pas l'assassiner pour hériter. Pendant qu'elle parlait, elle ne s'est pas aperçue, comme d'habitude, que Pietrino était là et le gosse s'est mis à pleurer, à s'arracher les cheveux et à crier que personne ne le croit, que le docteur Giovanni ne peut pas assassiner Madame parce que c'est Dieu qui l'a envoyé la chercher, comme la fois où Dieu a envoyé un gros poisson alors qu'il n'y avait pas de fond, ou quand nous avons retrouvé Madame grâce aux cailloux lumineux. Ou bien quand la direction du vent a changé, le jour où il rentrait en radeau de Serpentara après avoir enterré les trésors que son grand frère lui a rapportés de Paris. Un vent contraire très fort s'était levé, le radeau était ballotté par d'énormes vagues, il allait se noyer, mais il lui a suffi de dire ses prières comme ses parents le lui ont appris, et le vent, devenu favorable, a soufflé en direction de la maison.

La maman des voisins s'est retournée brusquement: «Quoi? Qu'est-ce que tu racontes?» criait-elle, et elle lui a flanqué une bonne paire de baffes. «Tu es fou, dis-moi que ce n'est pas vrai!» et elle le secouait comme un prunier.

«J'y vais tout le temps à Serpentara avec mon radeau, mon radeau a une voile et il peut même aller plus loin. Quand je serai grand, je serai marin. Vous n'avez qu'à aller voir, dans l'île, où je vous dis, s'il y a mon trésor de Paris ou pas!»

La maman des voisins s'est écroulée sur une chaise, elle était verte.

Je lui ai dit: «Mais il ne s'est rien passé. Votre petit garçon est sain et sauf. C'est un génie. Il s'est fabriqué un radeau, comme un naufragé, et il a réussi. C'est un grand navigateur.» Et je suis allée embrasser Pietrino et le féliciter tandis que sa mère sanglotait comme une perdue.

J'ai laissé la famille des voisins interroger et écouter Pietrino et, sur le chemin du retour, je repensais à cette histoire d'assassinat, et je me disais qu'en admettant que le docteur Giovanni ait épousé Madame pour l'assassiner et hériter, le miracle, ou la magie, a opéré quand même car au moins Madame, avant de mourir, aura été heureuse, avec son alliance qu'elle contemple en permanence, puis enlève pour lire «Giovanni».

Quoi qu'il en soit, quelqu'un a dû suggérer à Madame cette idée de l'assassinat pour l'héritage, car avant de se marier, elle a donné sa propriété à ma famille. Je voulais tout de suite redonner ma part à Madame mais quand j'ai compris que ni maman ni ma tante ne veulent vendre, alors j'ai accepté. Je n'ai pas osé demander à Madame si le docteur Giovanni savait tout ça, avant leur mariage, c'est-à-dire qu'il épousait en définitive une femme sans-le-sou et plus toute jeune.

Quand les promoteurs sont arrivés, nous les avons reçus avec courtoisie, ils savaient déjà que tous les terrains de Madame appartiennent désormais à ma famille. Nous avons rempli leurs voitures de bonnes choses, mais nous les avons aussi priés de ne plus revenir. Le papa des voisins est venu et leur a laissé entendre que la police les surveille en cas de nouvel incendie.

Le joueur de jazz aussi est revenu. Au prix de grands sacrifices, il avait acheté un billet pour le concert d'Oscar Peterson, son idole, qui joue à Paris en juillet. Quand il a su pour l'incendie, il a revendu son billet et sauté dans le premier vol pour Cagliari. Avant, il m'a téléphoné pour me demander si par hasard Madame aurait besoin de quelque chose pour s'abrutir et ne pas penser. À Paris, même si lui ne consomme pas, il connaît des gens qui peuvent lui fournir des trucs. Mais je lui ai répondu que non. De ne pas s'attirer d'ennuis, qu'il ne manquerait plus qu'il se retrouve en prison et ne puisse pas revenir. Alors il m'a demandé si je viendrais le voir une fois moi aussi, il est sûr que sa grand-mère me paierait le voyage. Je voulais lui expliquer que désormais j'étais redevenue riche, parce que je possède beaucoup de terrain, puis j'ai pensé que c'était une drôle de richesse car, vu que nous ne vendons pas, que nous devons reconstruire la maison d'hôtes et que l'assurance ne rembourse pas grand-chose, nous devrons nous serrer la ceinture et nous donnerons l'impression d'être sans-le-sou. Mais nous, nous saurons que nous sommes riches, et ça nous ira bien comme ça.

Quand le fils aîné des voisins est arrivé, il a joué pour grand-père, au milieu des décombres calcinés de la maison d'hôtes un morceau magnifique, de Haendel, et Madame chantait de sa voix mélodieuse : *Lascia ch'io pianga mia cruda sorte ! E che sospiri la libertà ! E che sospiri, e che sospiri, la libertà*[1] *!*

---

1. « Laisse-moi pleurer un sort cruel ! Et désirer la liberté ! Et désirer, et désirer la liberté ! », *Rinaldo*, acte II, scène 4. *(NdT)*

Ariel

Ma tante dit que le grand philosophe Hegel définirait tout ce qui est arrivé comme *une ruse de la raison, une hétérogenèse des fins.* C'est-à-dire que parfois on agit de la meilleure façon possible et les choses tournent mal et d'autres fois au contraire, on agit au plus mal et tout s'arrange pour le mieux. Dans un certain sens, c'est ce qui s'est passé. Et à mon avis, la ruse vient de grand-père. Ou de papa. Et Leibniz a raison, ce monde-ci est peut-être bien *le meilleur monde possible,* le meilleur que Dieu soit parvenu à créer. Mais si c'est Lui qui a créé le monde, s'Il peut tout, pourquoi grand-père a-t-il dû mourir ?

Le docteur Giovanni a compris la maladie de maman et conseillé une visite chez un neurologue au lieu de continuer avec l'orthopédie, son traitement marche, maman quitte son lit sans notre aide et fait même de petites promenades. Certes, pas en ville ni dans le village parce que les voyages en voiture sont encore dangereux, mais sur les sentiers, jusqu'au chemin de terre qui descend vers la mer.

Vu de là, l'horizon est infini et les jours de vent, j'aime voir sa jupe qui gonfle, ses cheveux ébouriffés et surtout, j'aime la voir sourire devant les dégradés de bleus de la mer, bleu ciel, turquoise, violet, bleu marine. Maintenant elle dit de grand-père que c'était le meilleur des pères possibles et elle n'en veut plus à personne.

Ma tante continue à étudier Leibniz, mais elle ne s'acharne plus à trouver un travail parce qu'elle devra s'occuper aussi de la maison d'hôtes que le papa des voisins est en train de reconstruire selon son idéal de bâtiment écologique. Et là, il faut reconnaître que le général d'armée et le général de division n'avaient pas tort: la maison d'hôtes sort de terre vilaine comme tout. Ou plutôt, rigolote. On dirait un jouet, avec ce moulin à vent et ce toit de verre noir. Mais à force de passer devant, on s'y habitue. D'ailleurs, maman et ma tante, qui sont les autres propriétaires avec moi, sont d'accord pour dire que, dans ce cas, c'est le général de corps d'armée qui commande, et si quelqu'un souffle que dans une maison d'hôtes pareille il viendra encore moins de clients qu'avant, nous ne l'écoutons pas, car si Madame Agnese s'est mariée, tout peut arriver.

Pietrino fréquente le CP; un jour à l'école, on leur a projeté *Aladin* et ce film l'a beaucoup frappé. Il a confié à mes petites sœurs que s'il était Aladin, il demanderait trois choses au génie de la lampe : voir disparaître les écoles sans possibilité de les reconstruire jamais, aller vivre tout seul sur l'île de Serpentara et voler. Mes petites sœurs se font du mauvais sang parce que ce gosse, tenu sous haute surveillance pour tout ce qui concerne le radeau, pourrait bien maintenant s'attaquer à des ailes.

Madame a réussi la conquête d'Ariel, désormais elle l'amène ici et le lâche dans le maquis. Sous l'effet du rite magique dont il a été l'objet, Ariel monte dans la Ferrarina et se roule aussitôt en boule sur le siège arrière, puis il entre sans protester dans sa cage parce qu'il sait qu'il va souffrir un peu, mais qu'ensuite il ira chasser les lézards et les oiseaux et qu'il reviendra tout sale de brindilles, de feuilles, de boue et que Madame lui fera un brin de toilette juste avant de rentrer à Cagliari et maintenant il ne fouette plus l'air de sa queue, mais il se roule sur le dos, ventre en l'air.

Madame viendra nous aider à la maison d'hôtes, surtout pour la cuisine, et j'ai peut-être trop d'imagination comme prétend maman, mais quand elle en parle et qu'Ariel est dans les parages, il se roule de joie et on dirait un bébé tigre qui va retrouver sa jungle. Parce qu'Ariel a tout du chat sauvage sarde, Giovanni l'a trouvé tout petit et en piètre état dans un endroit comme celui-ci. Il l'a nourri, il l'a bien soigné et quand il l'a emmené chez le vétérinaire, celui-ci s'est exclamé : « Quelle bête magnifique ! »

Grand-père saurait donner une explication à l'amour de Giovanni pour Madame. Il dirait que Giovanni aussi pourrait être un homme futur. Pour cette habitude qu'il a de recueillir chez lui des spécimens d'espèces en voie de disparition.

Madame dit qu'elle viendra donner un coup de main, mais, au bout de quelques heures, Giovanni lui manque et ses yeux deviennent de plus en plus jaunes et de plus en plus liquides comme ceux d'une tigresse égarée. Alors elle se défoule sur Ariel qui se cache pendant qu'elle essaie de l'attraper: «Allez, on rentre! Ouste! Ingrat! Perfide! Tu ne m'y reprendras plus! Plus jamais!» Et quand elle l'a attrapé, elle le rudoie et le fourre dans sa cage, mais, en démarrant la Ferrarina, elle demande déjà pardon au chat et lui explique qu'elle n'arrive pas à rester longtemps loin de Giovanni.

Pour ne pas distraire Agnese qui conduit, Giovanni nous appelle sur notre portable pour savoir quand elle est partie, comme ça il calcule le temps qu'il faut et, le cas échéant, il va à sa rencontre si elle tarde trop. Une situation qu'elle était à cent lieues d'imaginer. Une personne qui s'inquiète pour sa vie.

J'ai pensé que j'invente tous ces scénarios autour de l'amour alors qu'en réalité, l'amour n'a rien de spectaculaire. La magie aussi est sûrement beaucoup plus simple que nous le croyons. Et Dieu aussi.

Et ce monde-ci est peut-être vraiment *le meilleur monde possible.* Comme quand le docteur Giovanni est venu chercher Madame, qu'il l'a embrassée et qu'il s'est mis à l'appeler Agnese, ou quand le fils des voisins pleurait puis riait parce qu'il ne s'était pas aperçu du changement de saison et que mes règles sont enfin arrivées, ou quand la grand-mère a dit qu'elle était heureuse parce que son petit-fils avait été le seul à ne pas la traiter en vieille gâteuse, ou quand maman et ma tante ont décidé qu'il n'était pas question de vendre, ou quand Madame est arrivée dans la vie d'Ariel et, avec elle, les chattes à aimer, les oiseaux et les lézards à chasser. Mais surtout quand, le cœur battant la chamade, j'ai demandé à Madame :

« Mais, Giovanni, il le savait avant de t'épouser, que tu nous avais tout donné ?

– Évidemment ! Je ne vois pas pourquoi je lui aurais caché.

– Magique !

– Bien sûr, parce que j'avais fait un rite. Tu te rappelles le papier qui enveloppait le bouquet de mariée que la grand-mère des voisins avait reçu sur la tête ? Je m'en suis servie pour emballer la cassette du bruit de la mer que j'ai offerte à Giovanni pour Noël. »

Être heureux

Madame, qui désormais est Agnese, dit que son bonheur avec Giovanni est si grand qu'il est à peine soutenable et qu'être heureux n'est pas facile comme le pensent les pauvres gens qui se débattent dans mille difficultés. Comme elle le pensait avant elle-même. Elle dit que la seule façon pour que ce bonheur ne finisse pas est de finir avant lui. Mourir pour ne pas mourir. Parce que Giovanni tôt ou tard se lassera d'elle. Giovanni a voyagé dans le monde entier, Chine, Japon, Terre de Feu, Galápagos, Philippines, Islande, Tibet, train transsibérien, Mongolie, Pérou, Bolivie et ailleurs encore tandis qu'elle a passé sa vie à se cacher, dans les ordures et le fumier quand elle était petite, dans le maquis, ensuite. Elle est de plus en plus persuadée de ne pas être faite pour Giovanni. Ni pour Giovanni, ni pour le bonheur.

Lui, si. Il voit un aspect positif à tout. Une fois, il lui a dit qu'il éprouvait de la gratitude pour la vie, y compris pour toutes les choses qui s'étaient mal passées, simplement parce qu'elles l'avaient conduit jusqu'à elle. Elle ne se reconnaît même pas dans son propre prénom. Agnese. Agnese. Mais qui est Agnese?

Giovanni a eu beaucoup de belles femmes dont il garde la photo et il a fait l'amour avec des étrangères, des Orientales en particulier sûrement capables de prestations sexuelles très sophistiquées comme déboucher une bouteille avec leur vagin et Dieu sait quelles autres fantaisies tandis que Madame, malgré tous ses amants, ne sait faire que des choses très simples et pour le moment Giovanni a envie d'elle mais il est clair que tôt ou tard, tout ce dont il avait l'habitude va lui manquer.

Certaines nuits, avant de dormir, Madame demande à Giovanni s'il est heureux. Les premiers temps, il répondait tout de suite oui. Maintenant, il répond qu'il est bien, très bien. Du coup, Madame n'arrive plus à s'endormir. Et si elle s'endort, un cauchemar revient: Giovanni dort, mais pas elle qui va s'asseoir dans le fauteuil près du lit pour attendre l'aube, elle fait caca sous elle et salit le fauteuil, juste à ce moment-là Giovanni se réveille et lui parle avec douceur sans se douter de rien. Elle ne peut donc pas se lever, condamnée à rester là pour toujours si elle ne veut pas que Giovanni comprenne qu'il a épousé, pas une Agnese, mais un panier à crottes, oui!

Au fond, elle allait mieux quand elle était une créature marginale que ses amants traitaient par-dessus la jambe, au moins elle n'était responsable du bonheur de personne. Elle allait mieux même quand elle était une créature méprisée et que les fantômes la frappaient et l'humiliaient. Au moins, elle était vraiment elle-même. Madame. Maintenant, elle ne se reconnaît plus, avec ce mari qui l'a prise pour une princesse et la princesse qui toutes les nuits se transforme en panier à crottes et lui qui, tôt ou tard, s'en apercevra.

S'il y avait grand-père, ce serait différent. Mais grand-père est déjà mort une fois pour la sauver et on ne voit pas ce qu'il pourrait faire de plus. À tous les coups, il s'énerverait comme quand Madame disait qu'elle voulait mourir: «Bon, alors, je compte pour du beurre, disait-il, autant qu'on ne se parle plus tous les deux, parler avec toi c'est parler à un mur!» Et elle paniquait à l'idée que grand-père puisse rompre leur amitié et elle assurait que non, qu'elle ne voulait plus mourir, qu'elle voulait devenir le futur homme nouveau, pourvu que lui reste son ami. Mais maintenant que grand-père ne peut plus s'énerver, elle n'a qu'une idée en tête: finir, elle, avant son bonheur. Comme ça, quand les mauvais jours reviendront, elle ne sera pas là pour les voir.

Chaque fois que Madame vient en visite, elle nous tient ces propos tristes et elle a de nouveau besoin de ces preuves extrêmes comme lorsque la nervosité nous gagnait et que nous descendions et remontions en courant le chemin de terre vers la mer, que nous nagions jusqu'aux écueils ou que nous nous jetions dans l'eau glacée en hiver. Sauf qu'elle ne veut plus de ma compagnie et qu'elle préfère aller passer ses nerfs toute seule. Moi, je m'inquiète, j'ai le cœur qui bat fort, alors je vais chez les voisins, voir si elle y est, et la grand-mère dit que Madame *esti cummenti chi non di ha mai biu*[1], que le bonheur aussi, ça s'ingurgite à petites doses et ça se digère, et qu'un peu d'exercice après manger ne peut que lui faire du bien; ma tante aussi est d'accord car Madame est comme ces gens qu'on a retrouvés encore vivants dans les camps d'extermination. S'ils mangeaient, ils mouraient. Beaucoup de proches de ses amis juifs sont morts ainsi. La maman des voisins soupire et dit que nous demandons à Dieu un miracle et qu'après, quand il se réalise, nous refusons d'y croire.

Mais hier, je sentais qu'il s'agissait d'autre chose. Soudain, il s'est mis à pleuvoir, éclairs, tonnerre, ciel noir et Madame qui ne revenait pas, même Ariel est rentré, effrayé par l'orage. Alors il s'est passé quelque chose d'extraordinaire. J'étais assise dans mon petit fauteuil, je faisais mes devoirs, j'avais un peu froid et j'avais posé une couverture légère sur mes jambes. Le vent violent a ouvert tout grand la fenêtre, la couverture s'est envolée jusqu'au plafond

1. « Elle est comme quelqu'un qui n'a jamais vu ça », s'emploie pour une chose belle, un cadeau du ciel.

et a formé les ailes de papa. Je me suis élancée sur la route et j'ai couru jusque chez les voisins, la grand-mère dormait sûrement chez eux à cause du mauvais temps.

« Donne-moi les chaussures de marche », a-t-elle crié à sa belle-fille et nous nous sommes précipitées dehors, elle en tailleur de Paris et moi qui n'avais même pas enfilé mon imperméable. Pietrino nous a rattrapées dans son ciré de marin, un petit sac sur le dos et il nous a dépassées. Nous ne savions pas quelle direction prendre, alors nous l'avons suivi. J'ai prié pour qu'il voie des cailloux lumineux et c'était peut-être le cas parce qu'il courait et il semblait savoir où il allait. Nous sommes arrivés au chemin de terre. Les vagues étaient très hautes et Madame était là, hébétée, un petit point qui semblait absorbé dans ses pensées au milieu de la plage noire noyée d'eau noire. De temps en temps, elle tombait sous le choc des vagues qui se brisaient, puis elle se relevait, retombait, cédant à la violence de l'eau qui l'entraînait vers la mer, et elle restait là. Elle ne se défendait pas, se laissait presque emporter. Elle n'essayait pas de remonter en haut de la plage. En fonction du virage que prenait le chemin, nous la perdions de vue et puis de nouveau, elle était là. Nous avons crié, mais la bourrasque couvrait nos voix et la mer pouvait prendre Madame d'un moment à l'autre. Alors Pietrino a sorti un pistolet à fusée pour les SOS et il a tiré ses fusées les unes après les autres, on aurait dit un feu d'artifice. Madame s'est tournée vers nous et a commencé à remonter comme elle pouvait. Quand l'eau la rattrapait, elle tombait et puis se relevait, gagnait un peu de terrain sûr et nous on dévalait le chemin jusqu'au moment où nous nous sommes rejoints. Pietrino et moi l'avons prise dans nos bras tandis que la grand-mère des voisins, je ne pourrai jamais l'oublier, en tailleur parisien trempé, dans ses chaussures de marche, était plantée là et parlait toute seule: « *Macca esti, scimingiada*[1], *elle est folle, elle est folle**! »

1. « Elle est folle, écervelée. »

Et ces ailes?

Après cet épisode, j'ai décidé de tout raconter à maman, les draps qui se transformaient et montaient au plafond, les taquineries, le vent, et comment j'avais toujours été guidée vers la fortune et le bonheur. Maman m'écoutait bouche bée, sans rien dire. Et puis, elle a décidé de m'en parler. Elle a toujours su où est caché papa.

Mais alors si papa est vivant, qui battait des ailes?

Et aussi au catalogue…

Milena Agus, *Mal de pierres*
Milena Agus, *Battement d'ailes*
Eliseo Alberto, *Caracol Beach*
Bruno Arpaia, *Dernière Frontière*
Bruno Arpaia, *Du temps perdu*
Reda Bekhechi, *Les Heures de braise*
David Bergelson, *Une Tragédie provinciale*
Suzanne Berne, *Une vie parfaite*
Jordi Bonells, *La Deuxième Disparition de Majorana*
Jordi Bonells, *Dieu n'est pas sur la photo*
Jacques Bonnet, *À l'enseigne de l'amitié*
James Buchan, *La Charrue d'or*
Giacomo Cacciatore, *Parle plus bas*
Domenico Campana, *À l'abri du sirocco*
Louis Carzou, *La Huitième Colline*
Kate Chopin, *L'Éveil*
Bo Caldwell, *L'Homme de Shanghai*
Linda D. Cirino, *La Coquetière*
Linda D. Cirino, *La Kamikaze*
Philippe Delepierre, *Fred Hamster et Madame Lilas*
Philippe Delepierre, *Crissement sur le tableau noir*
Philippe Delepierre, *Les Gadoues*
Isabelle Eberhardt, *Yasmina*
Fadia Faqir, *Mon nom est Salma*
Ernest J. Gaines, *Autobiographie de Miss Jane Pittman*
Ernest J. Gaines, *Colère en Louisiane*
Ernest J. Gaines, *D'amour et de poussière*
Ernest J. Gaines, *Dites-leur que je suis un homme*
Ernest J. Gaines, *Mozart est un joueur de blues*
Ernest J. Gaines, *Par la petite porte*
Ernest J. Gaines, *Une longue journée de novembre*
François Garcia, *Jours de marché*
Dan Gearino, *J'ai tout entendu*

Dan Gearino, *De toutes pièces*
Lesley Glaister, *Fastoche*
Lesley Glaister, *Blue*
Alexandre Gouzou, *J'aurais voulu que tout soit autrement*
Seth Greenland, *Mister Bones*
Raúl Guerra Garrido, *Doux objet d'amour*
Raúl Guerra Garrido, *Tant d'innocents*
Eddy L. Harris, *Harlem*
Eddy L. Harris, *Jupiter et moi*
Bertina Henrichs, *La Joueuse d'échecs*
Barbara Honigmann, *Un amour fait de rien*
Barbara Honigmann, *Très affectueusement*
Simonetta Agnello Hornby, *L'Amandière*
Simonetta Agnello Hornby, *La Tante marquise*
Henry James, *L'Américain*
Henry James, *La Mort du lion*
Henry James, *Portrait de femme*
Henry James, *Washington Square*
Alter Kacyzne, *Contes d'hiver et d'autres saisons*
Andreï Kourkov, *Le Pingouin*
Andreï Kourkov, *Le Caméléon*
Andreï Kourkov, *L'Ami du défunt*
Andreï Kourkov, *Les pingouins n'ont jamais froid*
Andreï Kourkov, *Le Dernier Amour du président*
Patrice Lelorain, *Adieux*
Primo Levi, *Le Fabricant de miroirs*
Primo Levi, *Lilith*
Iain Levison, *Un petit boulot*
Iain Levison, *Une canaille et demie*
Iain Levison, *Tribulations d'un précaire*
Andrej Longo, *Adelante*
Rosetta Loy, *La Bicyclette*
Soma Morgenstern, *Fuite et fin de Joseph Roth*
Soma Morgenstern, *Le Fils du fils prodigue*
Soma Morgenstern, *Idylle en exil*
Soma Morgenstern, *Le Testament du fils prodigue*

Soma Morgenstern, *Errance en France*
Antony Moore, *Swap*
Walter Mosley, *Lucky Boy*
Virginie Ollagnier, *Toutes ces vies qu'on abandonne*
Itzhak Orpaz, *Fourmis*
Itzhak Orpaz, *La Mort de Lysanda*
Itzhak Orpaz, *La Rue Tomojenna*
Itzhak Orpaz, *Une marche étroite*
P. M. Pasinetti, *Demain tout à coup*
P. M. Pasinetti, *De Venise à Venise*
P. M. Pasinetti, *Partition vénitienne*
P. M. Pasinetti, *Petites Vénitiennes compliquées*
Alessandro Piperno, *Avec les pires intentions*
Paolo Repetti, *Journal d'un hypocondriaque*
Yoïne Rosenfeld, *Ce sont des choses qui arrivent*
Lore Segal, *Du thé pour Lorry*
Lore Segal, *Son premier Américain*
Jim Shepard, *Project X*
Zalman Shnéour, *Oncle Uri et les siens*
Cécile Slanka, *Comment lui dire adieu*
Sholem Aleikhem, *La peste soit de l'Amérique*
Israël Joshua Singer, *Argile*
Andrzej Szczypiorski, *Nuit, jour et nuit*
Andrzej Szczypiorski, *Autoportrait avec femme*
Andrzej Szczypiorski, *Jeu avec le feu*
Oser Warszawski, *On ne peut pas se plaindre*
Aaron Zeitlin, *Terre brûlante*

CET OUVRAGE A ÉTÉ ACHEVÉ D'IMPRIMER
SUR ROTO-PAGE
PAR L'IMPRIMERIE FLOCH À MAYENNE
EN DÉCEMBRE 2007

N° d'édition : 355. N° d'impression : 69888
Dépôt légal : février 2008
(Imprimé en France)